Library

長い黒い幽霊

平凡社ライブラリー

Heibonsha Library

可愛い黒い幽霊

宮沢賢治怪異小品集

宮沢賢治著
東雅夫編

平凡社

本書は平凡社ライブラリー・オリジナル編集です。

目次

I　幽霊の章

III　鬼言の章

I　幽霊の章

うろこ雲

そらいちめんに青白いうろこ雲が浮かび月はその一切れに入って鈍い虹《にじ》を掲げる。

町の曲り角の屋敷にある木は背高《せたか》の梨《なし》の木で高くその柔らかな葉を動かしてゐるのだ。

雲のきれ間にせはしく青くまたゝくやつはそれも何だかわからない。

今夜はほんたうにどうしたかな。八時頃《ころ》からどこでもみんな戸を閉めて通りを一人も歩かない。

お城の下の麦を干したらしい空くひの列に沿って小さな犬が馳《か》けて来る。重く流れる月光の底をその小さな犬が尾をふって来る。

夜の赤砂利、陰影だけで出来あがった赤砂利の層。桜の梢《こずゑ》は立派な寄木を遠い南の空に組み上げ私はたばこよりも寂しく煙る地平線にかすかな泪《なみだ》をながす。

町はまことに諒闇《りやうあん》の竜宮城また東京の王子の夜であります。

北上岸《きたかみぎし》の製板所の立て並べられた板の前を小さな男がふいと歩く。

それから鉄橋の石で畳んだ橋台が白くほのびかりしてならび私の心はどこかずうっと遠くの方を慕ってゐる。

もう爪草《つめくさ》の花が咲いた。さうだ。一面の爪草の花、青白いともしびを点じ微《かす》かな悦《よろこ》びをくゆらしそれから月光を吸ふつめくさの原。

小さな甲虫《かぶとむし》がまっすぐに飛んで来て私の額に突き当りヒョロ〳〵危く堕《お》ちようとして途方もない方へ飛び戻る。原のむかふに小さな男が立ってゐる。銀の小人が立ってゐる。よこめでこっちを見ながら立ってゐる。にやにやわらってゐる。にやにや笑ってうたってゐる。銀の小人。

「なんばん鉄のかぶとむし

月のあかりも　つめくさの

ともすあかりも　眼に入らず

草のにほひをとび截《き》って
ひとのひたひに突きあたり
あわててよろよろ
落ちるをやっとふみとまり
いそいでかぢを立てなほし
月のあかりも　つめくさの
ともすあかりも眼に入らず
途方もない方に　飛んで行く。」
原のむかふに銀の小人が消えて行く。よこめでこっちを見ながら腕を組んだまゝ消えて行く。
アカシヤの梢《こずゑ》に綿雲が一杯にかゝる。
そのはらわたの鈍い月光の虹《にじ》、それから小学校の窓ガラスがさびしく光りひるま算術に立たされた子供の小さな執念が可愛い黒い幽霊になってじっと窓から外を眺《なが》めてゐる。
空がはれてそのみがかれた天河石の板の上を貴族風の月と紅《あか》い火星とが少しの軋《きし》りの声もなく滑って行く。めぐって行く。

女

そらのふちは沈んで行き、松の並木のはてばかり黝《くろず》んだ琥珀《こはく》をさびしくゆらし、
その町のはづれのたそがれに、大きなひのきが風に乱れてゆれてゐる。気圏の松藻《まつも》だ、ひのきの髪毛。

まっ黒な家の中には黄いろなランプがぼんやり点《つ》いて顔のまっかな若い女がひとりでせはしく飯をかきこんでゐる。

かきこんでゐる。その澱粉《でんぷん》の灰色。

ランプのあかりに暗《やみ》の中から引きずり出された梢《こずゑ》の緑、

実に恐ろしく青く見える。恐ろしく深く見える。恐ろしくゆらいで見える。

〔ひのきの歌〕

第一日昼

なにげなく
窓を見やれば
一《ひと》もとのひのきみだれゐて
いとゞ恐ろし

あらし来ん
そらの青じろ
さりげなく乱れたわめる
一もとのひのき

凮しげく
ひのきたわみてみだるれば
異り見ゆる四角窓かな

（ひかり雲ふらふらはする青の虚空
延びたちふるふ　みふゆのこえだ）

第二日夜

雪降れば
今さはみだれしくろひのき

菩薩のさまに枝垂れて立つ

わるひのき
まひるみだれしわるひのき
雪をかぶれば
菩薩すがたに

第三日夕

たそがれに
すつくと立てるそのひのき
ひのきのせなの銀鼠雲

窓がらす
落つればつくる四角のうつろ
うつろのなかの

たそがれのひのき

第四日夜

くろひのき
月光澱む雲きれに
うかがひよりて何か企つ

しらくもよ夜のしらくもよ
月光は重し
気をつけよかのわるひのき

第五日夜

雪落ちてひのきはゆるゝ
はがねぞら
匂ひいでたる月のたはむれ

うすらなく
月光瓦斯のなかにして
ひのきは枝の雪をはらへり
（はてしらぬ世界にけしのたねほども
菩薩身をすてたまはざるなし）

月光の
さめざめ青き三時ごろ
ひのきは枝の雪を撥ねたり

第六日昼

年わかき
ひのきゆらげば日もうたひ

碧きそらよりふれる綿ゆき

第六日夕

ひまはりの
すがれの茎のいくもとぞ
暮るゝひのきをうちめぐりゐる

第七日夜

たそがれの
雪にたちたちくろひのき
しんはわづかにそらにまがりて
(ひのき、ひのき、まことになれはいきものか　われとはふかきえにしあるらし
むかしよりいくたびめぐりあひにけん、ひのきよなれはわれをみしらず)

第 *x* 日

しばらくは
試験つゞきとあきらめて
西日にゆらぐひのきを見たり

ほの青き
そらのひそまり、
光素《エーテル》の弾条もはじけんとす
みふゆはてんとて

沼　森

石ヶ森の方は硬《かた》くて瘠《や》せて灰色の骨を露《あら》はし大森は黒く松をこめぜいたくさうに肥《ふと》ってゐるが実はどっちも石英安山岩《デサイト》だ。

丘はうしろであつまって一つの平らをこしらへる。

もう暮れ近く草がそよぎ防火線もさびしいのだ。地図をたよりもさびしいことだ。

沼森平といふものもなかなか広い草っ原だ。何でも早くまはって行って沼森のやつの脚にかゝりそれからぐるっと防火線沿ひ、帰って行って麓《ふもと》の引湯にぐったり今夜は寝てやるぞ。

何といふこれはしづかなことだらう。

落葉松《ラリックス》など植ゑたもんだ。まるでどこかの庭まへだ。何といふ立派な山の平だらう。草は柔らか向ふの小松はまばらです、そらはひろびろ天も近く落葉松など植ゑたもんだ。

はてな、あいつが沼森か、沼森だ。坊主頭め、山山は集ひて青き原をなすさてその上の丘のさびしさ。ふん。沼森め。

これはいかんぞ。沼炭だぞ、泥炭があるぞ、さてこそこの平はもと沼だったな、道理でむやみに陰気なやうだ。洪積ごろの沼の底だ。泥炭層を水がちょろちょろ潜《くぐ》ってゐる。全体あんまり静かすぎる、おまけに無暗《むやみ》に空が暗くなって来た。もう夕暮も間近いぞ。柏《かしは》の踊りも今時だめだ、まばらの小松も緑青《ろくしやう》を噴く。

沼森がすぐ前に立ってゐる。やっぱりこれも岩頸《がんけい》だ。どうせ石英安山岩、いやに響くなこいつめは。いやにカンカン云《い》ひやがる。とにかくこれは石ヶ森とは血統が非常に近いものなのだ。

それはいゝがさ沼森めなぜ一体坊主なんぞになったのだ。えいぞっとする、気味の悪いやつだ。この草はな、この草はな、こぬかぐさ。風に吹かれて穂を出して烟《けむ》って実に憐《あは》れに見えるぢゃないか。

なぜさうこっちをにらむのだ、うしろから。

何も悪いことしないぢゃないか。まだにらむのか、勝手にしろ。
柏はざらざら雲の波、早くも黄びかりうすあかり、その丘のいかりはわれも知りたれどさあらぬさまに草むしり行く、もう夕方だ、はて、この沼はまさか地図にもある筈《はず》だ。もしなかったら大へんぞ。全く別の世界だぞ、
気を落ちつけて（黄のひかり）あるある、あるには有るがあの泥炭をつくったやつの甥《をひ》か孫だぞ、黄のひかりうすあかり鳴れ鳴れかしは。

小岩井農場　パート九

すきとおほつてゆれてゐるのは
さつきの剽悍《へうかん》な四本のさくら
わたくしはそれを知つてゐるけれども
眼にははつきり見てゐない
たしかにわたくしの感官の外《そと》で
つめたい雨がそそいでゐる
（天の微光にさだめなく

　　うかべる石をわがふめば
　　おゝユリア　しづくはいとど降りまさり
　　　カシオペーアはめぐり行く）
ユリアがわたくしの左を行く
大きな紺いろの瞳をりんと張つて
ユリアがわたくしの左を行く
ペムペルがわたくしの右にゐる
……………はさつき横へ外《そ》れた
あのから松の列のとこから横へ外れた
　≪幻想が向ふから迫つてくるときは
　　もうにんげんの壊れるときだ≫
わたくしははつきり眼をあいてあるいてゐるのだ
ユリア　ペムペル　わたくしの遠いともだちよ
わたくしはずゐぶんしばらくぶりで
きみたちの巨きなまつ白なすあしを見た

どんなにわたくしはきみたちの昔の足あとを
白堊系の頁岩の古い海岸にもとめただらう
《あんまりひどい幻想だ》
わたくしはなにをびくびくしてゐるのだ
どうしてもどうしてもさびしくてたまらないときは
ひとはみんなきつと斯ういふことになる
きみたちとけふあふことができたので
わたくしはこの巨きな旅のなかの一つづりから
血みどろになつて遁げなくてもいいのです。
（ひばりが居るやうな居ないやうな
　腐植質から麦が生え
　雨はしきりに降つてゐる）
さうです　農場のこのへんは
まつたく不思議におもはれます
どうしてかわたくしはここらを

der heilige Punkt と
呼びたいやうな気がします
この冬だつて耕耘部まで用事で来て
こゝいらの匂のいゝふぶきのなかで
なにとはなしに聖いこころもちがして
凍えさうになりながらいつまでもいつまでも
いつたり来たりしてゐました
さつきもさうです
どこの子どもらですかあの瓔珞をつけた子は
　《そんなことでだまされてはいけない
　　ちがつた空間にはいろいろちがつたものがゐる
　それにだいいちさつきからの考へやうが
　　まるで銅版のやうなのに気がつかないか》
雨のなかでひばりが鳴いてゐるのです
あなたがたは赤い瑪瑙の棘でいつぱいな野はらも

その貝殻のやうに白くひかり
底の平らな巨きなすあしにふむのでせう
　もう決定した　そつちへ行くな
　これらはみんなただしくない
　いま疲れてかたちを更へたおまへの信仰から
　　発散して酸えたひかりの澱だ
　ちひさな自分を劃ることのできない
　この不可思議な大きな心象宙宇のなかで
もしも正しいねがひに燃えて
じぶんとひとと万象といつしよに
至上福祉にいたらうとする
それをある宗教情操とするならば
そのねがひから砕けまたは疲れ
じぶんとそれからたつたもひとつのたましひと
完全そして永久にどこまでもいつしよに行かうとする

この変態を恋愛といふ
そしてどこまでもその方向では
決して求め得られないその恋愛の本質的な部分を
むりにもごまかし求め得ようとする
この傾向を性慾といふ
すべてこれら漸移のなかのさまざまな過程に従つて
さまざまな眼に見えまた見えない生物の種類がある
この命題は可逆的にもまた正しく
わたくしにはあんまり恐ろしいことだ
けれどもいくら恐ろしいといつても
それがほんたうならしかたない
さあはつきり眼をあいてたれにも見え
明確に物理学の法則にしたがふ
これら実在の現象のなかから
あたらしくまつすぐに起て

明るい雨がこんなにたのしくそそぐのに
馬車が行く　馬はぬれて黒い
ひとはくるまに立つて行く
もうけつしてさびしくはない
なんべんさびしくないと云つたとこで
またさびしくなるのはきまつてゐる
けれどもここはこれでいいのだ
すべてさびしさと悲傷とを焚いて
ひとは透明な軌道をすすむ
ラリツクス　ラリツクス　いよいよ青く
雲はますます縮れてひかり
わたくしはかつきりみちをまがる

（一九二二、五、二一）

三七四　河原坊（山脚の黎明）

一九二五、八、一一、

わたくしは水音から洗はれながら
この伏流の巨きな大理石の転石に寝よう
それはつめたい卓子だ
じつにつめたく斜面になって稜もある
ほう、月が象嵌されてゐる
せいせい水を吸ひあげる
楢やいたやの梢の上に

匂やかな黄金の円蓋を被って
しづかに白い下弦の月がかかってゐる
空がまた何とふしぎな色だらう
それは薄明の銀の素質と
夜の経紙の鼠いろとの複合だ
さうさう
わたくしはこんな斜面になってゐない
も少し楽なねどこをさがし出さう
あるけば山の石原の昧爽
こゝに平らな石がある
平らだけれどもここからは
月のきれいな円光が
楢の梢にかくされる
わたくしはまた空気の中を泳いで
このもとの白いねどこへ漂着する

月のまはりの黄の円光がうすれて行く
雲がそいつを耗らすのだ
いま鉛いろに錆びて
月さへ遂に消えて行く
……真珠が曇り蛋白石が死ぬやうに……
寒さとねむさ
もう月はたゞの砕けた貝ぼたんだ
さあ　ねむらうねむらう
……めさめることもあらうし
　そのまゝ死ぬこともあらう……
誰かまはりをあるいてゐるな
誰かまはりをごくひっそりとあるいてゐるな
みそさざい
みそさざい
ぱりぱり鳴らす

石の冷たさ
石ではなくて二月の風だ
……半分冷えれば半分からだがみいらになる……
誰か来たな
……半分冷えれば半分からだがみいらになる……
……半分冷えれば半分からだがめくらになる……
……半分冷えれば半分からだがめくらになる……
そこの黒い転石の上に
うす赭いころもをつけて
裸脚四つをそろへて立つひと
なぜ上半身がわたくしの眼に見えないのか
まるで半分雲をかぶった鶏頭山のやうだ
……あすこは黒い転石で
　みんなで石をつむ場所だ……
向ふはだんだん崖になる

あしおとがいま峯の方からおりてくる
ゆふべ途中の林のなかで
たびたび聞いたあの透明な足音だ
……わたくしはもう仕方ない
　誰が来ように
　こゝでから肱を折りまげて
　睡ってゐるより仕方ない
　だいいちどうにも起きられない……
　　　　　　　　………
　　叫んでゐるな
（南無阿弥陀仏）
（南無阿弥陀仏）
（南無阿弥陀仏）

何といふふしぎな念仏のしやうだ
まるで突貫するやうだ

………

もうわたくしを過ぎてゐる
あゝ見える
二人のはだしの逞ましい若い坊さんだ
黒の衣の袖を扛げ
黄金で唐草模様をつけた
神輿を一本の棒にぶらさげて
川下の方へかるがるかついで行く
誰かを送った帰りだな
声が山谷にこだまして
いまや私はやっと自由になって

眼をひらく
こゝは河原の坊だけれども
曾つてはこゝに棲んでゐた坊さんは
真言か天台かわからない
とにかく昔は谷がも少しこっちへ寄って
あゝいふ崖もあったのだらう
鳥がしきりに啼いてゐる
もう登らう

一四五　比叡（幻聴）

一九二四、五、二五、

黒い麻のころもを着た
六人のたくましい僧たちと
わたくしは山の平に立ってゐる
　それは比叡で
　みんなの顔は熱してゐる
雲もけはしくせまってくるし
湖水も青く湛へてゐる

（うぬぼれ　うんきのないやつは）
ひとりが所在なささうにどなる

夜

……Donald Caird can lilt and sing,
brithly dance the hehland
highland だらうか

誰かが泣いて
誰か女がはげしく泣いて
雪、麻、はがね、暗の野原を河原を
川へ、凍った夜中の石へ走って行く、

わたくしははねあがらうか、
あゝ川岸へ棄てられたまゝ死んでゐた
赤児に呼ばれた母が行くのだ
崖の下から追ふ声が
あゝ　その声は……
もう聞くな　またかんがへるな
　　……Donald Caird can lilt and sing,
もういゝのだ　つれてくるのだ　声がすっかりしづまって
まっくろないちめんの石だ

〔ながれたり〕

ながれたり
　夜はあやしく陥りて
ゆらぎ出でしは一むらの
陰極線の盲《しひ》あかり
また蛍光の青らむと
　かなしく白き偏光の類
ましろに寒き川のさま

地平わづかに赤らむは
あかつきとこそ覚ゆなれ
　（そもこれはいづちの川のけしきぞも）
げにながれたり水のいろ
ながれたりげに水のいろ
このあかつきの水のさま
はてさへしらにながれたり
　（そもこれはいづちの川のけしきぞも）
明るくかろき水のさま
寒くあかるき水のさま
　（水いろなせる川の水
　水いろ川の川水を
　何かはしらねみづいろの
　かたちあるものながれ行く）
青ざめし人と屍　数もしら

水にもまれてくだり行く
水いろの水と屍　数もしら
（流れたりげに流れたり）

また下りくる大筏
まなじり深く鼻高く
腕うちくみてみめぐらし
一人の男うち座する
見ずや筏は水いろの
屍よりぞ組み成さる

髪みだれたるわかものの
筏のはじにとりつけば
筏のあるじ瞳《まみ》赤く
頬にひらめくいかりして

わかものの手を解き去りぬ

げにながれたり水のいろ
ながれたりげに水のいろ
このあかつきの水のさま
はてさへしらにながれたり

共にあをざめ救はんと
流れの中に相寄れる
今は却りて争へば
その髪みだれ行けるあり
（対岸の空うち爛れ
赤きは何のけしきぞも）
流れたりげに流れたり
はてさへしらにながるれば

わが眼はつかれいまはさて
ものおしなべてうちかすみ
たゞほのじろの川水と
うすらあかるきそらのさま

おゝ頭ばかり頭ばかり
きりきりきりとはぎしりし
流れを切りてくるもあり

死人の肩を噛めるもの
さらに死人のせを噛めば
さめて怒れるものもあり

ながれたりげにながれたり
川水軽くかゞやきて

たゞ速かにながれたり
　　（そもこれはいづちの川のけしきぞも
　　　人と屍と群れながれたり）

あゝ流れたり流れたり
水いろなせる屍と
人とをのせて水いろの
水ははてなく流れたり

四八　黄泉路《よみぢ》

アリイルスチュアール

一九二七

（房中寒くむなしくて
灯は消え月は出でざるに
大なる恐怖《クフ》の声なして
いま起ちたるはそも何ぞ！……
わが知るものの霊《たましひ》よ
何とてなれは来りしや？）
（君は云へりき　わが待たば

君も必ず来らんと……)
(愛しきされど愚かしき
遥けくなれの死しけるを
亡きと生けるはもろ共に
行き交ふことの許されね
いざはやなれはくらやみに
われは愛にぞ行くべかり)
(ゆふべはまことしかるらん
今宵はしかくあらぬなり)
(とは云へなれは何をもて
ひととわれとをさまたぐる
そのひとまことそのむかし
汝《な》がありしごと愛しきに
しかも汝はいま亡きものを!)
(しかも汝とていまは亡し)

一〇七一　〔わたくしどもは〕

一九二七、六、一、

わたくしどもは
ちゃうど一年いっしょに暮しました
その女はやさしく蒼白く
その眼はいつでも何かわたくしのわからない夢を見てゐるやうでした
いっしょになったその夏のある朝
わたくしは町はづれの橋で
村の娘が持って来た花があまり美しかったので

二十銭だけ買ってうちに帰りましたら
妻は空いてゐた金魚の壺にさして
店へ並べて居りました
夕方帰って来ましたら
妻はわたくしの顔を見てふしぎな笑ひやうをしました
見ると食卓にはいろいろな果物や
白い洋皿などまで並べてありますので
どうしたのかとたづねましたら
あの花が今日ひるの間にちゃうど二円に売れたといふのです
……その青い夜の風や星、
　すだれや魂を送る火や……
そしてその冬
妻は何の苦しみといふのでもなく
萎れるやうに崩れるやうに一日病んで没くなりました

白い鳥

《みんなサラーブレッドだ
　あゝいふ馬　誰行つても押へるにいがべが》
《よつぽどなれたひとでないと》
古風なくらかけやまのした
おきなぐさの冠毛がそよぎ
鮮かな青い樺《かば》の木のしたに
何匹かあつまる茶いろの馬

じつにすてきに光つてゐる
　（日本絵巻のそらの群青や
　天末の turquois《タコイス》はめづらしくないが
　　あんな大きな心相の
　光の環《くわん》は風景の中にすくない）
二疋《ひき》の大きな白い鳥が
鋭くかなしく啼きかはしながら
しめつた朝の日光を飛んでゐる
それはわたくしのいもうとだ
死んだわたくしのいもうとだ
兄が来たのであんなにかなしく啼いてゐる
　（それは一応はまちがひだけれども
　　まつたくまちがひとは言はれない）
あんなにかなしく啼きながら
朝のひかりをとんでゐる

（あさの日光ではなくて
　熟してつかれたひるすぎらしい）
けれどもそれも夜どほしあるいてきたための
vague《バーグ》な銀の錯覚なので
（ちやんと今朝あのひしげて融けた金《キン》の液体が
　青い夢の北上山地からのぼつたのをわたくしは見た）
どうしてそれらの鳥は二羽
そんなにかなしくきこえるか
それはじぶんにすくふちからをうしなつたとき
わたくしのいもうとをもうしなつた
そのかなしみによるのだが
　（ゆふべは柏ばやしの月あかりのなか
　けさはすずらんの花のむらがりのなかで
　なんべんわたくしはその名を呼び
　またたれともわからない声が

　人のない野原のはてからこたへてきて
　　わたくしを嘲笑したことか）
そのかなしみによるのだが
またほんたうにあの声もかなしいのだ
いま鳥は二羽　かゞやいて白くひるがへり
むかふの湿地　青い蘆のなかに降りる
降りようとしてまたのぼる
（日本武尊の新らしい御陵の前に
　おきさきたちがうちふして嘆き
　そこからたまたま千鳥が飛べば
　それを尊のみたまとおもひ
　蘆に足をも傷つけながら
　海べをしたつて行かれたのだ）
清原がわらつて立つてゐる
（日に灼けて光つてゐるほんたうの農村のこども

その菩薩ふうのあたまの容《かたち》はガンダーラから来た）
水が光る　きれいな銀の水だ
《さああすこに水があるよ
口をすゝいでさつぱりして往かう
こんなきれいな野はらだから》

（一九二三、六、四）

青森挽歌　三

仮睡硅酸の溶け残ったもやの中に
つめたい窓の硝子から
あけがた近くの苹果《りんご》の匂が
透明な紐になって流れて来る。
それはおもてが軟玉と銀のモナド
半月の噴いた瓦斯でいっぱいだから
巻積雲のはらわたまで

月のあかりは浸みわたり
それはあやしい蛍光板になって
いよいよあやしい匂か光かを発散し
なめらかに硬い硝子さへ越えて来る。
青森だからといふのではなく
大てい月がこんなやうな暁ちかく
巻積雲にはひるとき
或いは青ぞらで溶け残るとき
必ず起る現象です。
私が夜の車室に立ちあがれば
みんなは大ていねむってゐる。
その右側の中ごろの席
青ざめたあけ方の孔雀のはね
やはらかな草いろの夢をくわらすのは
とし子、おまへのやうに見える。

「まるっきり消たものもあるもんだ、
法隆寺の停車場で
すれちがふ汽車の中に
まるっきり同じわらすさ。」
父がいつかの朝さう云ってゐた。
そして私だってさうだ
あいつが死んだ次の十二月に
酵母のやうなこまかな雪
はげしいはげしい吹雪の中を
私は学校から坂を走って降りて来た。
まっ白になった柳沢洋服店のガラスの前
その藍いろの夕方の雪のけむりの中で
黒いマントの女の人に遭った。
帽巾に目はかくれ
白い顎ときれいな歯

私の方にちょっとわらったやうにさへ見えた。
（それはもちろん風と雪との屈折率の関係だ。）
私は危なく叫んだのだ。
（何だ、うな、死んだなんて
い丶位のごと云って
今ごろ此処ら歩てるな。）
又たしかに私はさう叫んだにちがひない。
たゞあんな烈しい吹雪の中だから
その声は風にとられ
私は風の中に分散してかけた。
「太洋を見はらす巨きな家の中で
仰向けになって寝てゐたら
もしもしもしもしって云って
しきりに巡査が起してゐるんだ。」
その皺くちゃな寛い白服

ゆふべ一晩そんなあなたの電燈の下で
こしかけてやって来た高等学校の先生
青森へ着いたら
苹果をたべると云ふんですか。
海が藍靛に光ってゐる
いまごろまっ赤な苹果はありません。
爽やかな苹果青のその苹果なら
それはもうきっとできてるでせう。

（一九二三、八、一、）

手紙　四

わたくしはあるひとから云《い》ひつけられて、この手紙を印刷してあなたがたにおわたしします。どなたか、ポーセがほんたうにどうなつたか、知つてゐるかたはありませんか。チユンセがさつぱりごはんもたべないで毎日考へてばかりゐるのです。

ポーセはチユンセの小さな妹ですが、チユンセはいつもいぢ悪ばかりしました。ポーセがせつかく植ゑて、水をかけた小さな桃の木になめくぢをたけて置いたり、ポーセの靴《くつ》に甲虫《かぶとむし》を飼つて、二月もそれをかくして置いたりしました。ある日などはチユンセがくるみの木にのぼつて青い実を落してゐましたら、ポーセが小さな卵形のあたまをぬれたハンケチで包んで、「兄さん、くるみちやうだい。」なんて云ひながら大へんよろこんで出て来ましたのに、チユンセは、「そら、とつてごらん。」とまるで怒つたやうな声で云つてわざと頭に実を投げつけるやうにして泣かせて帰しました。

ところがポーセは、十一月ころ、俄《にはか》に病気になつたのです。おつかさんもひどく心配さうでした。チユンセが行つて見ますと、ポーセの小さな唇《くちびる》はなんだか青くなつて、眼ばかり大きくあいて、いつぱいに涙をためてゐました。チユンセは声が出ないのを無理にこらへて云ひました。「おいら、何でも呉《く》れてやるぜ。あの銅の歯車だつて欲しけややるよ。」けれどもポーセはだまつて頭をふりました。息ばかりすうすうきこえました。

チユンセは困つてしばらくもぢもぢしてゐましたが思ひ切つてもう一ぺん云ひました。「雨雪とつて来てやろか。」「うん。」ポーセがやつと答へました。チユンセはまるで鉄砲丸《てつぽうだま》のやうにおもてに飛び出しました。おもてはうすくらくてみぞれがびちよびちよ降つてゐました。チユンセは松の木の枝から雨雪を両手にいつぱいとつて来ました。それからポーセの枕《まくら》もとに行つて皿にそれを置き、さじでポーセにたべさせました。ポーセはおいしさうに三さじばかり喰べましたら急にぐたつとなつていきをつかなくなりました。おつかさんがおどろいて泣いてポーセの名を呼びながら一生けん命ゆすぶりましたけれども、ポーセの汗でしめつた髪《け》の頭はたゞゆすぶられた通りうごくだけでした。チユンセはげんこを眼にあてて、虎《とら》の子供のやうな声で泣きました。

それから春になつてチユンセは学校も六年でさがつてしまひました。チユンセはもう働いてゐるのです。春に、くるみの木がみんな青い房のやうなものを下げてゐるでせう。その下にしやがんで、チユンセはキヤベヂの床をつくつてゐました。そしたら土の中から一ぴきのうすい緑いろの小さな蛙《かへる》がよろよろと這《は》つて出て来ました。

「かへるなんざ、潰《つぶ》れちまへ。」チユンセは大きな稜石《かどいし》でいきなりそれを叩《たた》きました。

それからひるすぎ、枯れ草の中でチユンセがとろとろやすんでゐましたら、いつかチユンセはぼおつと黄いろな野原のやうなところを歩いて行くやうにおもひました。すると向ふにポーセがしもやけのある小さな手で眼をこすりながら立つてゐてぼんやりチユンセに云ひました。

「兄さんなぜあたいの青いおべべ裂いたの。」チユンセはびつくりしてはね起きて一生けん命そこらをさがしたり考へたりしてみましたがなんにもわからないのです。どなたかポーセを知つてゐるかたはないでせうか。けれども私にこの手紙を云ひつけたひとが云つてゐました。「チユンセはポーセをたづねることはむだだ。なぜならどんなこどもでも、また、はたけではたらいてゐるひとでも、汽車の中で苹果《りんご》をたべてゐるひとでも、また歌ふ鳥や歌はない鳥、青や黒やのあらゆる魚、あらゆるけものも、あらゆる虫も、みんな、みんな、むかしからのおたがひのきやうだいなのだから。チユンセがもしもポーセをほんたうにかあいさうにおもふなら大きな勇気を出してすべてのいきもののほんたうの幸福をさがさなければいけない。それはナムサダルマプフンダリカサスートラといふものである。チユンセがもし勇気のあるほんたうの男の子ならなぜまつしぐらにそれに向つて進まないか。」それからこのひとはまた云ひました。「チユンセはいいこどもだ。さアおまへはチユンセやポーセやみんなのために、ポーセをたづねる手紙を出すがいい。」そこで私はいまこれをあなたに送るのです。

II

幻視の章

黄いろのトマト

博物局十六等官
キュステ誌

私の町の博物館の、大きなガラスの戸棚には、剥製《はくせい》ですが、四疋《ひき》の蜂雀《はちすずめ》がゐます。

生きてたときはミィミィとなき蝶《てふ》のやうに花の蜜《みつ》をたべるあの小さなかあいらしい蜂雀です。わたくしはその四疋の中でいちばん上の枝にとまって、羽を両方ひろげかけ、まっ青なそらにいまにもとび立ちさうなのを、ことにすきでした。それは眼が赤くてつるつるした緑《ろく》青《しやう》いろの胸をもち、そのりんと張った胸には波形のうつくしい紋もありました。

小さいときのことですが、ある朝早く、私は学校に行く前にこっそり一寸《ちよつと》ガラスの前に立ちましたら、その蜂雀が、銀の針の様なほそいきれいな声で、にはかに私に言ひました。

「お早う。ペムペルといふ子はほんたうにいゝ子だったのにかあいさうなことをした。」

その時窓にはまだ厚い茶いろのカーテンが引いてありましたので室《へや》の中はちゃうどビール瓶《びん》のかけらをのぞいたやうでした。ですから私も挨拶《あいさつ》しました。

「お早う。蜂雀。ペムペルといふ人がどうしたっての。」

蜂雀がガラスの向ふで又云《い》ひました。

「えゝお早うよ。妹のネリといふ子もほんたうにかあいらしいいゝ子だったのにかあいさうだなあ。」

「どうしたていふの話しておくれ。」

するとと蜂雀はちょっと口あいてわらふやうにしてまた云ひました。

「話してあげるからおまへは鞄《かばん》を床におろしてその上にお座り。」

私は本の入ったかばんの上に座るのは一寸困りましたけれどもどうしてもそのお話を聞きたかったのでたうとうその通りしました。

するとと蜂雀は話しました。

「ペムペルとネリは毎日お父さんやお母さんたちの働くそばで遊んでゐたよ〔以下原稿一枚？なし〕

その時僕《ぼく》も

『さやうなら。さやうなら。』と云ってペムペルのうちのきれいな木や花の間からまっすぐにおうちにかへった。

それから勿論《もちろん》小麦も搗《つ》いた。

二人で小麦を粉にするときは僕はいつでも見に行った。小麦を粉にする日ならペムペルはちゞれた髪からみじかい浅黄のチョッキから木綿のだぶだぶずぼんまで粉ですっかり白くなりながら赤いガラスの水車場でことことやってゐるだらう。ネリはその粉を四百グレンぐらゐづつ木綿の袋につめ込んだりつかれてぼんやり戸口によりかかりはたけをながめてゐたりする。

そのときぼくはネリちゃん。あなたはむぐらはすきですかとからかったりして飛んだのだ。

それからもちろんキャベヂも植ゑた。

二人がキャベヂを穫《と》るときは僕はいつでも見に行った。

ペムペルがキャベヂの太い根を截《き》ってそれをはたけにころがすと、ネリは両手でそれをもって水いろに塗られた一輪車に入れるのだ。そして二人は車を押して黄色のガラスの納屋にキャベヂを運んだのだ。青いキャベヂがころがってるのはそれはずゐぶん立派だよ。

そして二人はたった二人だけずゐぶんたのしくくらしてゐた。」

「おとなはそこらに居なかったの。」わたしはふと思ひ付いてさうたづねました。

「おとなはすこしもそこらあたりに居なかった。なぜならペムペルとネリの兄妹の二人はたった二人だけずゐぶん愉快にくらしてたから。

けれどほんたうにかあいさうだ。

ペムペルといふ子は全くいゝ子だったのにかあいさうなことをした。

ネリといふ子は全くかあいらしい女の子だったのにかあいさうなことをした。」

蜂雀は俄《には》かにだまってしまひました。

私はもう全く気が気でありませんでした。

蜂雀《はちすずめ》はいよいよだまってガラスの向ふでしんとしてゐます。

私もしばらくは耐《こら》へて膝《ひざ》を両手で抱へてじっとしてゐましたけれどもあんまり蜂雀がいつまでもだまってゐるもんですからそれにそのだまりやうと云ったらたとへ一ぺん死んだ人が二度とお墓から出て来ようたって口なんか聞くもんかと云ふやうに見えましたのでたうとう私は居たゝまらなくなりました。私は立ってガラスの前に歩いて行って両手をガラスにかけて中の蜂雀に云ひました。

「ね、蜂雀、そのペムペルとネリちゃんとがそれから一体どうなったの、どうしたって云ふの、ね、蜂雀、話してお呉《く》れ。」

けれども蜂雀はやっぱりじっとその細いくちばしを尖《とが》らしたまゝ向ふの四十雀《しじふから》の方を見たっきり二度と私に答へようともしませんでした。

「ね、蜂雀、談《はな》してお呉れ。だめだい半分ぐらゐ云っておいていけないったら蜂雀ね。談してお呉れ。そら、さっきの続きをさ。どうして話して呉れないの。」

ガラスは私の息ですっかり曇りました。

四羽の美しい蜂雀さへまるでぼんやり見えたのです。私はたうとう泣きだしました。

なぜって第一あの美しい蜂雀がたった今まできれいな銀の糸のやうな声で私と話をしてゐたのに俄《には》かに硬く死んだやうになってその眼もすっかり黒い硝子玉《ガラスだま》か何かになってしまひつまでたっても四十雀ばかり見てゐるのです。おまけに一体それさへほんたうに見てゐるのかたゞ眼がそっちへ向いてるやうに見えるのか少しもわからないのでせう。それにまたあんなかあいらしい日に焼けたペムペルとネリの兄妹が何か大へんかあいさうな目になったといふのですものどうして泣かないでゐられませう。もう私はその為《ため》ならば一週間でも泣けたのです。

すると俄《には》かに私の右の肩が重くなりました。そして何だか暖いのです。びっくりして振りかへって見ましたらあの番人のおぢいさんが心配さうに白い眉《まゆ》を寄せて私の肩に手を置いて立ってゐるのです。その番人のおぢいさんが云ひました。

「どうしてそんなに泣いて居るの。おなかでも痛いのかい。朝早くから鳥のガラスの前に来てそんなにひどく泣くもんでない。」

けれども私はどうしてもまだ泣きやむことができませんでした。おぢいさんは又云ひました。

「そんなに高く泣いちゃいけない。まだ入口を開けるに一時間半も間があるのにおまへだけそっと入れてやったのだ。それにそんなに高く泣いて表の方へ聞えたらみんな私に故障を云って来るんでないか。そんなに泣いていけないよ。どうしてそんなに泣いてんだ。」

私はやっと云ひました。

「だって蜂雀がもう私に話さないんだもの。」

するとおぢいさんは高く笑ひました。

「ああ、蜂雀が又おまへに何か話したね。そして俄かに黙り込んだね。そいつはいけない。この蜂雀はよくその術をやって人をからかふんだ。よろしい。私が叱《しか》ってやらう。」

番人のおぢいさんはガラスの前に進みました。

「おい。蜂雀《はちすずめ》。今日で何度目だと思ふ。手帳へつけるよ。つけるよ。あんまりいけなけあ仕方ないから館長様へ申し上げてアイスランドへ送っちまふよ。

えゝおい。さあ坊ちゃん。きっとこいつは談《はな》します。早く涙をおふきなさい。まるで顔中ぐぢゃぐぢゃだ。そらえゝあゝすっかりさっぱりした。

お話がすんだら早く学校へ入らっしゃい。

あんまり長くなって厭《あ》きっちまふとこいつは又いろいろいやなことを云ひますから。ではようがすか。」

番人のおぢいさんは私の涙を拭《ふ》いて呉《く》れてそれから両手をせなかで組んでことりことり向ふへ見まはって行きました。

おぢいさんのあし音がそのうすくらい茶色の室《へや》の中から隣りの室へ消えたとき蜂雀はまた私の方を向きました。

私はどきっとしたのです。

蜂雀は細い細いハアモニカの様な声でそっと私にはなしかけました。

「さっきはごめんなさい。僕すっかり疲れちまったもんですからね。」

私もやさしく言ひました。

「蜂雀。僕ちっとも怒っちゃゐないんだよ。さっきの続きを話してお呉れ。」

蜂雀は語りはじめました。

「ペムペルとネリとはそれはほんたうにかあいゝんだ。二人が青ガラスのうちの中に居て窓をすっかりしめてると二人は海の底に居るやうに見えた。そして二人の声は僕には聞えやしないね。

それは非常に厚いガラスなんだから。

けれども二人が一つの大きな帳面をのぞきこんで一所《いっしょ》に同じやうに口をあいたり少し閉ぢたりしてゐるのを見るとあれは一緒に唱歌をうたってゐるのだといふことは誰《たれ》だってすぐわかるだらう。僕はそのいろいろにうごく二人の小さな口つきをじっと見てゐるのを大へんすきでいつでも庭のさるすべりの木に居たよ。ペムペルはほんたうにいゝ子なんだけれどかあいさうなことをした。

ネリも全くかあいらしい女の子だったのにかあいさうなことをした。」

「だからどうしたって云ふの。」

「だからね、二人はほんたうにおもしろくくらしてゐたのだから、それだけならばよかったんだ。ところが二人は、はたけにトマトを十本植ゑてゐた。そのうち五本がポンデローザでね、五本がレッドチェリイだよ。ポンデローザにはまっ赤な大きな実がつくし、レッドチェリーにはさくらんぼほどの赤い実がまるでたくさんできる。ぼくはトマトは食べないけれど、ポンデローザを見ることならもうほんたうにすきなんだ。ある年やっぱり苗が二いろあったから、植ゑたあとでも二いろあった。だんだんそれが大きくなって、葉からはトマトの青いにほひがし、茎からはこまかな黄金《きん》の粒のやうなものも噴き出した。

そしてまもなく実がついた。

ところが五本のチェリーの中で、一本だけは奇体に黄いろなんだらう。そして大へん光るのだ。ギザギザの青黒い葉の間から、まばゆいくらゐ黄いろなトマトがのぞいてゐるのは立派だった。だからネリが云った。

『にいさま、あのトマトどうしてあんなに光るんでせうね。』

ペムペルは唇《くちびる》に指をあててしばらく考へてから答へてゐた。

『黄金だよ。黄金だからあんなに光るんだ。』

『まあ、あれ黄金《きん》なの。』ネリがすこしびっくりしたやうに云った。

『立派だねえ。』

『えゝ立派だわ。』

そして二人はもちろん、その黄いろなトマトをとりもしなけぁ、一寸《ちよつと》さはりもしなかった。

そしたらほんたうにかあいさうなことをしたねえ。」

「だからどうしたって云ふの。」

「だからね、二人はこんなに楽しくくらしてゐたんだからそれだけならばよかったんだよ。ところがある夕方二人が羊歯《しだ》の葉に水をかけてたら、遠くの遠くの野はらの方から何とも云へない奇体ないゝ音が風に吹き飛ばされて聞えて来るんだ。まるでまるでいゝ音なんだ。切れ切れになって飛んでは来るけれど、まるですゞらんやヘリオトロープのいゝかをりさへするんだらう、その音がだよ。二人は如露《じよろ》の手をやめて、しばらくだまって顔を見合せたねえ、それからペムペルが云った。

『ね、行って見ようよ、あんなにいゝ音がするんだもの。』

ネリは勿論《もちろん》、もっと行きたくってたまらないんだ。

『行きませう、兄さま、すぐ行きませう。』

『うん、すぐ行かう。大丈夫あぶないことないね。』

そこで二人は手をつないで果樹園を出てどんどんそっちへ走って行った。

音はよっぽど遠かった。樺《かば》の木の生えた小山を二つ越えてもまだそれほどに近くもならず、楊《やなぎ》の生えた小流れを三つ越えてもなかなかそんなに近くはならなかった。

それでもいくらか近くはなった。

二人が二本の榧《かや》の木のアーチになった下を潜《くぐ》ったら不思議な音はもう切れ切れぢゃなくなった。

そこで二人は元気を出して上着の袖《そで》で汗をふきふきかけて行った。

そのうち音はもっとはっきりして来たのだ。ひょろひょろした笛の音も入ってゐたし、大《おほ》喇叭《らつぱ》のどなり声もきこえた。ぼくにはみんなわかって来たのだよ。

『ネリ、もう少しだよ、しっかり僕につかまっておいで。』

ネリはだまってきれで包んだ小さな卵形の頭を振って、唇《くちびる》を噛《か》んで走った。

二人がも一度、樺の木の生えた丘をまはったとき、いきなり眼の前に白いほこりのぼやぼや立った大きな道が、横になってゐるのを見た。その右の方から、さっきの音がはっきり聞え、左の方からもう一団《ひとかたま》り、白いほこりがこっちの方へやって来る。ほこりの中から、チラチラ馬の足が光った。

間もなくそれは近づいたのだ。ペムペルとネリとは、手をにぎり合って、息をこらしてそれを見た。

もちろん僕もそれを見た。

やって来たのは七人ばかりの馬乗りなのだ。

馬は汗をかいて黒く光り、鼻からふうふう息をつき、しづかにだくをやってゐた。乗ってるものはみな赤シャツで、てかてか光る赤革《あかかは》の長靴《ながぐつ》をはき、帽子には鷺《さぎ》の毛やなにか、白いひらひらするものをつけてゐた。鬚《ひげ》をはやしたおとなも居れば、いちばんしまひにはペムペル位の頬《ほほ》のまっかな眼のまっ黒なかあいゝ子も居た。ほこりの為にお日さまはぼんやり赤くなった。

おとなはみんなペムペルとネリなどは見ない風して行ったけれど、いちばんしまひのあのかあいゝ子は、ペムペルを見て一寸《ちよつと》唇《くちびる》に指をあててキスを送ったんだ。

そしてみんなは通り過ぎたのだ。みんなの行った方から、あのいゝ音がいよいよはっきり聞えて来た。まもなくみんなは向ふの丘をまはって見えなくなったが、左の方から又誰《たれ》かゆっくりやって来るのだ。

それは小さな家ぐらゐある白い四角の箱のやうなもので、人が四五人ついて来た。だんだん近くになって見ると、ついて居るのはみんな黒ん坊で、眼ばかりぎらぎら光らして、ふんどしだけして裸足《はだし》だらう。白い四角なものを囲んで来たのだけれど、その白いのは箱ぢゃなかった。実は白いきれを四方にさげた、日本の蚊帳《かや》のやうなもんで、その下からは大きな灰いろの四本の脚が、ゆっくりゆっくり上ったり下ったりしてゐたのだ。

ペムペルとネリとは、黒人はほんたうに恐《こは》かったけれど又面白かった。四角なものも恐かったけれど、めづらしかった。そこでみんなが過ぎてから、二人は顔を見合せた。そして

『ついて行かうか。』

『えゝ、行きませう。』と、まるでかすれた声で云ったのだ。そして二人はよほど遠くからついて行った。

黒人たちは、時々何かわからないことを叫んだり、空を見ながら跳ねたりした。四本の脚はゆっくりゆっくり、上ったり下ったりしてゐたし、時々ふう、ふうといふ呼吸の音も聞えた。

二人はいよいよ堅く手を握ってついて行った。

そのうちお日さまは、変に赤くどんよりなって、西の方の山に入ってしまひ、残りの空は

黄いろに光り、草はだんだん青から黒く見えて来た。

さっきからの音がいよいよ近くなり、すぐ向ふの丘のかげでは、さっきのらしい馬のひんひん啼《な》くのも鼻をぶるるっと鳴らすのも聞えたんだ。

四角な家の生物が、脚を百ぺん上げたり下げたりしたら、ペムペルとネリとはびっくりして眼を擦《こす》った。向ふは大きな町なんだ。灯が一杯についてゐる。それからすぐ眼の前は平らな草地になってゐて、大きな天幕《テント》がかけてある。天幕は丸太で組んである。まだ少しあかるいのに、青いアセチレンや、油煙を長く引くカンテラがたくさんともって、その二階には奇麗な絵看板がたくさんかけてあったのだ。その看板のうしろから、さっきからのいゝ音が起ってゐたのだ。看板の中には、さっきキスを投げた子が、二疋《ひき》の馬に片っ方づつ手をついて、逆立《さかだ》ちしてる処《ところ》もある。さっきの馬はみなその前につながれて、その他にだって十五六疋ならんでゐた。みんなオートを食べてゐた。

おとなや女や子供らが、その草はらにたくさん集って看板を見上げてゐた。

看板のうしろからは、さっきの音が盛んに起った。

けれどもあんまり近くで聞くと、そんなにすてきな音ぢゃない。

たゞの楽隊だったんだい。

たゞその音が、野原を通って行く途中、だんだん音がかすれるほど、花のにほひがついて行ったんだ。

白い四角な家も、ゆっくりゆっくり中へはひって行ってしまった。

中では何かが細い高い声でないた。

人はだんだん増えて来た。

楽隊はまるで馬鹿《ばか》のやうに盛んにやった。

みんなは吸ひこまれるやうに、三人五人づつ中へはひって行ったのだ。

ペムペルとネリとは息をこらして、じっとそれを見た。

『僕たちも入ってかうか。』ペムペルが胸をどきどきさせながら云った。

『入りませう』とネリも答へた。

けれども何だか二人とも、安心にならなかったのだ。どうもみんなが入口で何か番人に渡すらしいのだ。

ペムペルは少し近くへ寄って、じっとそれを見た。食ひ付くやうに見てゐたよ。

そしたらそれはたしかに銀か黄金《きん》かのかけらなのだ。

黄金をだせば銀のかけらを返してよこす。

そしてその人は入って行く。

だからペムペルも黄金《きん》をポケットにさがしたのだ。

『ネリ、お前はこゝに待っといで。僕一寸《ちょっと》うちまで行って来るからね。』

『わたしも行くわ。』ネリは云ったけれども、ペムペルはもうかけ出したので、ネリは心配さうに半分泣くやうにして、又看板を見てゐたよ。

それから僕は心配だから、ネリの処《ところ》に番しようか、ペムペルについて行かうか、ずゐぶんしばらく考へたけれども、いくらそこらを飛んで見ても、みんな看板ばかり見てゐて、ネリをさらって行きさうな悪漢は一人も居ないんだ。

そこで安心して、ペムペルについて飛んで行った。

ペムペルはそれはひどく走ったよ。四日のお月さんが、西のそらにしづかにかかってゐたけれど、そのぼんやりした青じろい光で、どんどんどんどんペムペルはかけた。僕は追ひつくのがほんたうに辛《つら》かった。眼がぐるぐるして、風がぶうぶう鳴ったんだ。樺《かば》の木も楊《やなぎ》の木も、みんなまっ黒、草もまっ黒、その中をどんどんどんどんペムペルはかけた。

それからたうとうあの果樹園にはひったのだ。

ガラスのお家が月のあかりで大へんなつかしく光ってゐた。ペムペルは一寸立ちどまってそれを見たけれども、又走ってもうまっ黒に見えてゐるトマトの木から、あの黄いろの実のなるトマトの木から、黄いろのトマトの実を四つとった。それからまるで風のやう、あらしのやうに汗と動悸《どうき》で燃え乍《なが》ら、さっきの草場にとって返した。僕も全く疲れてゐた。

ネリはちらちらこっちの方を見てばかりゐた。

けれどもペムペルは、

『さあ、いいよ。入らう。』

とネリに云った。

ネリは悦《よろこ》んで飛びあがり、二人は手をつないで木戸口に来たんだ。ペムペルはだまって二つのトマトを出したんだ。

番人は『え丶、いらっしゃい。』と言ひながら、トマトを受けとり、それから変な顔をした。

しばらくそれを見つめてゐた。

それから俄《には》かに顔が歪《ゆが》んでどなり出した。

『何だ。この餓鬼《がき》め。人をばかにしやがるな。トマト二つで、この大入の中へ汝《おまへ》たちを押し込んでやってたまるか。失《う》せやがれ、畜生。』

そしてトマトを投げつけた。あの黄のトマトをなげつけたんだ。その一つはひどくネリの耳にあたり、ネリはわっと泣き出し、みんなはどっと笑ったんだ。ペムペルはすばやくネリをさらふやうに抱いて、そこを遁《に》げ出した。

みんなの笑ひ声が波のやうに聞えた。

まっくらな丘の間まで遁げて来たとき、ペムペルも俄かに高く泣き出した。ああいふかなしいことを、お前はきっと知らないよ。

それから二人はだまってだまってときどきしくりあげながら、ひるの象について来たみちを戻った。

それからペムペルは、にぎりこぶしを握りながら、ネリは時々唾《つば》をのみながら、樺《かば》の木の生えたまっ黒な小山を越えて、二人はおうちに帰ったんだ。あゝかあいさうだよ。ほんたうにかあいさうだ。わかったかい。ぢゃさよなら、私はもうはなせない。ぢいさんを呼んで来ちゃいけないよ。さよなら。」

斯《か》う云ってしまふと蜂雀《はちすずめ》の細い嘴《くちばし》は、また尖《とが》ってじっと閉ぢてしまひ、その眼は向ふの四《し》十雀《じふから》をだまって見てゐたのです。

私も大へんかなしくなって

「ぢゃ蜂雀、さやうなら。僕又来るよ。けれどお前が何か云ひたかったら云ってお呉れ。さよなら、ありがたうよ。蜂雀、ありがたうよ。」

と云ひながら、鞄《かばん》をそっと取りあげて、その茶いろガラスのかけらの中のやうな室《へや》を、しづかに廊下へ出たのです。そして俄かにあんまりの明るさと、あの兄妹のかあいさうなのとに、眼がチクチクッと痛み、涙がぼろぼろこぼれたのです。

私のまだまるで小さかったときのことです。

畑のへり

麻が刈られましたので、畑のへりに一列に植ゑられてゐたたうもろこしは、大へん立派に目立ってきました。

小さな虻《あぶ》だのべっ甲いろのすきとほった羽虫だのみんなかはるがはる来て挨拶《あいさつ》して行くのでした。

たうもろこしには、もう頂上にひらひらした穂が立ち、大きな縮れた葉のつけねには尖《とが》った青いさやができてゐました。

そして風にざわざわ鳴りました。

一疋《ぴき》の蛙《かへる》が刈った畑の向ふまで跳んで来て、いきなり、このたうもろこしの列を見て、びっくりして云《い》ひました。

「おや、へんな動物が立ってゐるぞ。からだは瘠《や》せてひょろひょろだが、ちゃんと列を組んでゐる。ことによるとこれはカマジン国の兵隊だぞ。どれ、よく見てやらう。」

そこで蛙は上等の遠めがねを出して眼《め》にあてました。そして大きくなったたうもろこしのかたちをちらっと見るや蛙はぎゃあと叫んで遠めがねも何もはふり出して一目散に遁《に》げだしました。

蛙がちゃうど五百ばかりはねたときもう一ぴきの蛙がびっくりしてこっちを見てゐるのに会ひました。

「おゝい、どうしたい。いったい誰《たれ》にらまれたんだ。」

「どうしてどうして、全くもう大変だ。カマジン国の兵隊がたうとうやって来た。みんな二ひきか三びきぐらゐ幽霊をわきにかかへてる。その幽霊は歯が七十枚あるぞ。あの幽霊にかじられたら、もうとてもたまらんぜ。かあいさうに、麻はもうみんな食はれてしまった。みんなまっすぐな、いい若い者だったのになあ。ばりばり骨まで噛《か》じられたとは本当に人ごとも思はれんなあ。」

「何かい、兵隊が幽霊をつれて来たのかい、そんなにこはい幽霊かい。」

「どうしてどうしてまあ見るがいゝ。どの幽霊も青白い髪の毛がばしゃばしゃで歯が七十枚おまけに足から頭の方へ青いマントを六枚も着てゐる」

「いまどこにゐるんだ。」

「おまへのめがねで見るがいゝあすこだよ。麻ばたけの向ふ側さ。おれは眼鏡《めがね》も何もすてて来たよ。」

あたらしい蛙《かへる》は遠めがねを出して見ました。

「何だあれは幽霊でも何でもないぜ。あれはたうもろこしといふやつだ。おれは去年から知ってるよ。そんなに人が悪くない。わきに居るのは幽霊でない。みんな立派な娘さんだよ。娘さんたちはみんな緑色のマントを着てるよ。」

「緑色のマントは着てゐるさ。しかしあんなマントの着様が一体あるもんかな。足から頭の方へ逆《さかさま》に着てゐるんだ。それにマントを六枚も重ねて着るなんて、聞いた事も見た事もない贅沢《ぜいたく》だ。おごりの頂上だ。」

「ははあ、しかし世の中はさまざまだぜ。たとへば兎《うさぎ》なんと云ふものは耳が天までとゞいてゐる。そのさきは細くなって見えないくらゐだ。豚なんといふものは鼻がらっぱになってゐる。口の中にはとんぼのやうなすきとほった羽が十枚あるよ。また人といふものを知ってゐるかね。人といふものは頭の上の方に十六本の手がついてゐる。そんなこともあるんだ。それにたうもろこしの娘さんたちの長いつやつやした髪の毛は評判なもんだ。」

「よして呉《く》れよ。七十枚の白い歯からつやつやした長い髪の毛がすぐ生えてゐるなんて考へても胸が悪くなる。」

「そんなことはない。まあもっとそばまで行って見よう。おや。誰《たれ》か行ったぞ。おいおい。あれがたったいま云ったひとだ。ひとだ。あいつはほんたうにこはいもんだ。何をするかこゝへかくれて見てゐよう。そら、ちょっと遠めがねを貸すから。」

「あゝ、よく見える。何だ手が十六本あるって。おれには五本ばかりしか見えないよ。あっ。あの幽霊をつかまへてるよ。」

「どれ貸してごらん、ああ、とってるとってる。みんながりがりとってるねえ。たうもろこしは恐《こは》がってみんな葉をざあざあうごかしてゐるよ。娘さんたちは髪の毛をふって泣いてゐる。ぼくならちゃんと十六本の手が見えるねえ。」

「どら、貸した。なるほど十六本かねえ、四本は大へん小さいなあ。あゝあとからまた一人来た。あれは女の子だらうねえ。」

「どう、ちょっと、さうだよ。あれは女の子だよ。ほういまねえあの女の子がたうもろこしの娘さんの髪毛をむしってねえ、口へ入れてそらへ吹いたよ。するとそれがぱっと青白い火になって燃えあがったよ。」

「こっちへ来るとこはいなあ、」

「来ないよ。あゝ、もう行ってしまったよ。何か叫んでゐるやうだねえ。」

「歌ってるんだ。けれどもぼくたちよりはへただねえ。」

「へただ、ぼく少しうたってきかしてやらうかな。ぼくうたったらきっとびっくりしてこっちを向くねえ。」

「うたってごらん。こっちへ来たらその葉のかげにかくれよう。」

「いゝかい、うたふよ。ぎゅっくぎゅっく。」

「向かないよ。も少し高くうたってごらん。」

「どうもつかれて声が出ないよ。ぎゅっく。もうよさう。」

「よすかねえ。行ってしまった残念だなあ。」

「ぼくは遠めがねをとってくる。ぢゃさよなら。」

「さよなら。」

二ひきの蛙《かへる》は別れました。

たうもろこしはさやをなくして大変さびしくなりましたがやっぱり穂をひらひら空にうごかしてゐました。

若い木霊《こだま》

〔冒頭原稿数枚なし〕

「ふん。こいつらがざわざわざわざわ云《い》ってゐたのは、ほんの昨日のやうだったがなあ。大抵雪に潰《つぶ》されてしまったんだな。」

それから若い木霊《こだま》は、明るい枯草の丘の間を歩いて行きました。

丘の窪《くぼ》みや皺《しわ》に、一きれ二きれの消え残りの雪が、まっしろにかゞやいて居《を》ります。

木霊はそらを見ました。そのすきとほるまっさをの空で、かすかにかすかにふるへてゐるものがありました。

「ふん。日の光がぷるぷるやってやがる。いや、日の光だけでもないぞ。風だ。いや、風だけでもないな。何かかう小さなすきとほる蜂《すがる》のやうなやつかな。ひばりの声のやうなもんかな。いや、さうでもないぞ。をかしいな。おれの胸までどきどき云ひやがる。ふん。」

若い木霊はずんずん草をわたって行きました。

丘のかげに六本の柏《かしは》の木が立ってゐました。風が来ましたのでその去年の枯れ葉はザラザラ鳴りました。

若い木霊はそっちへ行って高く叫びました。

「おゝい。まだねてるのかい。もう春だぞ、出て来いよ。おい。ねばうだなあ、おゝい。」

風がやみましたので柏の木はすっかり静まってカサッとも云ひませんでした。若い木霊はその幹に一本づつすきとほる大きな耳をつけて木の中の音を聞きましたがどの樹《き》もしんとして居りました。そこで

「えいねばう。おれが来たしるしだけつけて置かう。」と云ひながら柏の木の下の枯れた草《くさ》穂《ぼ》をつかんで四つだけ結び合ひました。

そして又ふらふらと歩き出しました。丘はだんだん下って行って小さな窪地になりました。そこはまっ黒な土があたゝかにしめり湯気はふくふく春のよろこびを吐いてゐました。

一疋《ぴき》の蟇《ひきがへる》がそこをのそのそ這《は》って居りました。若い木霊《こだま》はギクッとして立ち止まりました。

それは早くもその蟇の語《ことば》を聞いたからです。

「鴇《とき》の火だ。鴇の火だ。もう空だって碧《あを》くはないんだ。

桃色のペラペラの寒天でできてゐるんだ。いゝ天気だ。

ぽかぽかするなあ。」

若い木霊の胸はどきどきして息はその底で火でも燃えてゐるやうに熱くはあはあするのでした。木霊はそっと窪地をはなれました。次の丘には栗《くり》の木があちこちかゞやくやどり木のまりをつけて立ってゐました。

そのまりはとんぼのはねのやうな小さな黄色の葉から出来てゐました。その葉はみんな遠くの青いそらに飛んで行きたさうでした。

若い木霊はそっちに寄って叫びました。

「おいおい、栗の木、まだ睡《ね》ってるのか。もう春だぞ。おい、起きないか。」

栗の木は黙ってつめたく立ってゐました。若い木霊はその幹にすきとほる大きな耳をあてゝみましたが中はしんと何の音も聞えませんでした。

若い木霊はそこで一寸《ちよつと》意地悪く笑って青ぞらの下の栗の木の梢《こずゑ》を仰いで黄金《きん》色のやどり木

に云ひました。

「おい。この栗の木は貴様らのおかげでもう死んでしまったやうだよ。」

やどり木はきれいにかゞやいて笑って云ひました。

「そんなこと云っておどさうたって駄目《だめ》ですよ。睡ってるんですよ。僕下りて行ってあなたと一緒に歩きませうか。」

「ふん。お前のやうな小さなやつがおれについて歩けると思ふのかい。ふん。さよならっ。」

やどり木は黄金色のべそをかいて青いそらをまぶしさうに見ながら「さよなら。」と答へました。

若い木霊は思はず「アハアハハハ」とわらひました。その声はあをぞらの滑らかな石までひゞいて行きましたが又それが波になって戻って来たとき木霊はドキッとしていきなり堅く胸を押へました。

そしてふらふら次の窪地《くぼち》にやって参りました。

その窪地はふくふくした苔《こけ》に覆はれ、所々やさしいかたくりの花が咲いてゐました。若い木だまにはそのうすむらさきの立派な花はふらふらうすぐろくひらめくだけではっきり見えませんでした。却《かへ》ってそのつやつやした緑色の葉の上に次々せはしくあらはれては又消えて行く紫色のあやしい文字を読みました。

「はるだ、はるだ、はるの日がきた、」字は一つづつ生きて息をついて、消えてはあらはれ、あらはれては又消えました。

「そらでも、つちでも、くさのうへでもいちめんいちめん、もゝいろの火がもえてゐる。」

若い木霊《こだま》ははげしく鳴る胸を弾《はじ》けさせまいと堅く堅く押へながら急いで又歩き出しました。

右の方の象の頭のかたちをした灌木《くわんぼく》の丘からだらだら下りになった低いところを一寸越《ちよつと》しますと、又窪地がありました。

木霊はまっすぐに降りて行きました。太陽は今越えて来た丘のきらきらの枯草の向ふにかゝりそのなゝめなひかりを受けて早くも一本の桜草が咲いてゐました。若い木霊はからだをかゞめてよく見ました。まことにそれは蛙《かへる》のことばの鴇《とき》の火のやうにひかってゆらいで見えたからです。桜草はその靭《しな》やかな緑色の軸をしづかにゆすりながらひとの聞いてゐるのも知らないで斯《か》うひとりごとを云ってゐました。

「お日さんは丘の髪毛の向ふの方へ沈んで行ってまたのぼる。

そして沈んでまたのぼる。空はもうすっかり鴇の火になった。

さあ、鴇の火になってしまった。」

若い木霊は胸がまるで裂けるばかりに高く鳴り出しましたのでびっくりして誰《たれ》かに聞かれまいかとあたりを見まはしました。その息は鍛冶場《かぢば》のふいごのやう、そしてあんまり熱くて吐いても吐いても吐き切れないのでした。

その時向ふの丘の上を一疋《ぴき》のとりがお日さまの光をさへぎって飛んで行きました。そして一寸《ちよつと》からだをひるがへしましたのではねうらが桃色にひらめいて或《あ》るいはほんたうの火がそこに燃えてゐるのかと思はれました。若い木霊の胸は酒精《アルコール》で一ぱいのやうになりました。そして高く叫びました。

「お前は鴇といふ鳥かい。」

鳥は

「さうさ、おれは鴇だよ。」といひながら丘の向ふへかくれて見えなくなりました。若い木霊はまっしぐらに丘をかけのぼって鳥のあとを追ひました。丘の頂上に立って見るとお日さまは山にはひるまでまだまだ間がありました。鳥は丘のはざまの蘆《あし》の中に落ちて行きました。若い木霊は風よりも速く丘をかけおりて蘆むらのまはりをぐるぐるまはって叫びました。

「おゝい。鴇。お前、鴇の火といふものを持ってるかい。持ってるなら少しおらに分けて呉《く》れないか。」

「あゝ、やらう。しかし今、こゝには持ってゐないよ。ついてお出《い》で。」

鳥は蘆の中から飛び出して南の方へ飛んで行きました。若い木霊はそれを追ひました。あちこち桜草の花がちらばってゐました。そして鳥は向ふの碧《あを》いそらをめがけてまるで矢のやうに飛びそれから急に石ころのやうに落ちました。そこには桜草がいちめん咲いてその中から桃色のかげろふのやうな火がゆらゆらゆらゆら燃えてのぼって居りました。そのほのほはすきとほってあかるくほんたうに呑《の》みたいくらゐでした。

若い木霊《こだま》はしばらくそのまはりをぐるぐる走ってゐましたがたうとう

「ホウ、行くぞ。」と叫んでそのほのほの中に飛び込みました。

そして思はず眼をこすりました。そこは全くさっき蟇《ひきがへる》がつぶやいたやうな景色でした。ペラペラの桃色の寒天で空が張られまっ青な柔らかな草がいちめんでその処々《ところどころ》にあやしい赤や白のぶちぶちの大きな花が咲いてゐました。その向ふは暗い木立で怒鳴りや叫びががやがや聞えて参ります。その黒い木をこの若い木霊は見たことも聞いたこともありませんでした。木霊はどきどきする胸を押へてそこらを見まはしましたが鳥はもうどこへ行ったか見えませんでした。

「鴇《とき》、鴇、どこに居るんだい。火を少しお呉れ。」

「すきな位持っておいで。」と向ふの暗い木立の怒鳴りの中から鴇の声がしました。

「だってどこに火があるんだよ。」木霊はあたりを見まはしながら叫びました。

「そこらにあるぢゃないか。持っといで。」鴇が又答へました。

木霊はまた桃色のそらや草の上を見ましたがなんにも火などは見えませんでした。

「鴇、鴇、おらもう帰るよ。」

「さうかい。さよなら。えい畜生。スペイドの十を見損っちゃった。」と鴇が黒い森のさまざまのどなりの中から云ひました。

若い木霊は帰らうとしました。その時森の中からまっ青な顔の大きな木霊が赤い瑪瑙《めなう》のやうな眼玉をきょろきょろさせてだんだんこっちへやって参りました。若い木霊は逃げて逃げて逃げました。

風のやうに光のやうに逃げました。そして丁度前の栗の木の下に来ました。お日さまはまだまだ明るくかれ草は光りました。

栗の木の梢《こずゑ》からやどり木が鋭く笑って叫びました。

「ウワーイ。鴇にだまされた。ウワーイ。鴇にだまされた。」

「何云ってるんだい。小《ぴや》っこ。ふん。おい、栗の木。起きろい。もう春だぞ。」

若い木霊は顔のほてるのをごまかして栗の木の幹にそのすきとほる大きな耳をあてました。

栗の木の幹はしいんとして何の音もありません。

「ふん、まだ、少し早いんだ。やっぱり草が青くならないとな。おい。小《ぴやっ》こ、さよなら。」

若い木霊は大分西に行った太陽にひらりと一ぺんひらめいてそれからまっすぐに自分の木の方にかけ戻りました。

「さよなら。」とずうっとうしろで黄金《きん》色のやどり木のまりが云ってゐました。

二一　痘瘡（幻聴）【先駆形】

どうもこの
光波の少しく伸びるころ
ひのきの青くかはるころは、
こころのおぼろな春のなかに
紅教が流行しだしていかんのです

タネリはたしかにいちにち嚙《か》んでゐたやうだった

ホロタイタネリは、小屋の出口で、でまかせのうたをうたひながら、何か細かくむしったものを、ばたばたばたばた、棒で叩《たた》いて居《を》りました。

「山のうへから、青い藤蔓《ふぢつる》とってきた
…西風ゴスケに北風カスケ…
崖《がけ》のうへから、赤い藤蔓とってきた
…西風ゴスケに北風カスケ…
森のなかから、白い藤蔓とってきた

…西風ゴスケに北風カスケ…
洞《ほら》のなかから、黒い藤蔓とってきた
…西風ゴスケに北風カスケ…
山のうへから、…」
タネリが叩いてゐるものは、冬中かかって凍らして、こまかく裂いた藤蔓でした。
「山のうへから、青いけむりがふきだした
…西風ゴスケに北風カスケ…
崖のうへから、赤いけむりがふきだした
…西風ゴスケに北風カスケ…
森のなかから、白いけむりがふきだした
…西風ゴスケに北風カスケ…
洞のなかから、黒いけむりがふきだした
…西風ゴスケに北風カスケ…。」
ところがタネリは、もうやめてしまひました。向ふの野はらや丘が、あんまり立派で明るくて、それにかげろふが、「さあ行かう、さあ行かう。」といふやうに、そこらいちめん、ゆらゆらのぼってゐるのです。

タネリはたうとう、叩いた蔓《つる》を一束もって、口でもにちゃにちゃ噛《か》みながら、そっちの方へ飛びだしました。

「森へは、はひって行くんでないぞ。ながねの下で、白樺《しらかば》の皮、剝《は》いで来よ。」うちのなかから、ホロタイタネリのお母さんが云《い》ひました。

タネリは、そのときはもう、子鹿《こじか》のやうに走りはじめてゐましたので、返事する間もありませんでした。

枯れた草は、黄いろにあかるくひろがって、どこもかしこも、ごろごろころがってみたいくらゐ、そのはてでは、青ぞらが、つめたくつるつる光ってゐます。タネリは、まるで、早く行ってその青ぞらをすこし喰べるのだといふふうに走りました。

タネリの小屋が、兎《うさぎ》ぐらゐに見えるころ、タネリはやっと走るのをやめて、ふざけたやうに、口を大きくあきながら、頭をがたがたふりました。それから思ひ出したやうに、あの藤《ふぢ》蔓《つる》を、また五六ぺんにちゃにちゃ噛みました。その足もとに、去年の枯れた萱《かや》の穂が、三本倒れて、白くひかって居りました。タネリは、もがもがつぶやきました。

「こいつらが

ざわざわざわざわ云ったのは、
ちゃうど昨日のことだった。
何《なに》して昨日のことだった？
雪を勘定しなければ、
ちゃうど昨日のことだった。」
ほんたうに、その雪は、まだあちこちのわづかな窪《くぼ》みや、向ふの丘の四本《しほん》の柏《かしは》の木の下で、まだらになって残ってゐます。タネリは、大きく息をつきながら、まばゆい頭のうへを見ました。そこには、小さなすきとほる渦巻きのやうなものが、ついついと、のぼったりおりたりしてゐるのでした。タネリは、また口のなかで、きゅうくつさうに云ひました。
「雪のかはりに、これから雨が降るもんだから、
そうら、あんなに、雨の卵ができてゐる。」
そのなめらかな青ぞらには、まだ何か、ちらちらちらちら、網になったり紋になったり、ゆれてるものがありました。タネリは、柔らかに噛んだ藤蔓を、いきなりぷっと吐いてしまって、こんどは力いっぱい叫びました。
「ほう、太陽《てんたう》の、きものをそらで編んでるぞ

いや、太陽《てんたう》の、きものを編んでゐるだけでない。

そんなら西のゴスケ風だか？

いゝや、西風ゴスケでない
そんならホースケ、蜂《すがる》だか？

うんにゃ、ホースケ、蜂《すがる》でない
そんなら、トースケ、ひばりだか？

うんにゃ、トースケ、ひばりでない。」

タネリは、わからなくなってしまひました。そこで仕方なく、首をまげたまま、また藤蔓を一つまみとって、にちゃにちゃ噛《か》みはじめながら、かれ草をあるいて行きました。向ふにはさっきの、四本の柏が立ってゐてつめたい風が吹きますと、去年の赤い枯れた葉は、一度にざらざら鳴りました。タネリはおもはず、やっと柔らかになりかけた藤蔓を、そこらへふっと吐いてしまって、その西風のゴスケといっしょに、大きな声で云ひました。

「おい、柏《かしは》の木、おいらおまへと遊びに来たよ。遊んでおくれ。」

この時、風が行ってしまひましたので、柏の木は、もうこそっとも云はなくなりました。

「まだ睡《ね》てるのか、柏の木、遊びに来たから起きてくれ。」

柏の木が四本とも、やっぱりだまってゐましたので、タネリは、怒って云ひました。

「雪のないとき、ねてゐると、

西風ゴスケがゆすぶるぞ

ホースケ蜂《すがる》が巣を食ふぞ

トースケひばりが糞《くそ》ひるぞ。」

それでも柏は四本とも、やっぱり音をたてませんでした。タネリは、こっそり爪立《つまだ》てをして、その一本のそばへ進んで、耳をぴったり茶いろな幹にあてがって、なかのやうすをうかがひました。けれども、中はしんとして、まだ芽も葉もうごきはじめるもやうがありませんでした。

「来たしるしだけつけてくよ。」タネリは、さびしさうにひとりでつぶやきながら、そこらの枯れた草穂《くさぼ》をつかんで、あちこちに四つ、結び目をこしらへて、やっと安心したやうに、また藤《ふぢ》の蔓《つる》をすこし口に入れてあるきだしました。

丘のうしろは、小さな湿地になってゐました。そこではまっくろな泥が、あたたかに春の湯気を吐き、そのあちこちには青じろい水ばせう、牛《ベゴ》の舌の花が、ぼんやりならんで咲いてゐました。タネリは思はず、また藤蔓を吐いてしまって、勢よく湿地のへりを低い方へつたはりながら、その牛《ベゴ》の舌の花に、一つづつ舌を出して挨拶《あいさつ》してあるきました。そらはいよいよ青くひかって、そこらはしぃんと鳴るばかり、タネリはたうとう、たまらなくなって、「おーい、誰《たれ》か居たかあ。」と叫びました。すると花の列のうしろから、一ぴきの茶いろの蟇《ひきがへる》が、のそのそ這《は》ってできました。タネリは、ぎくっとして立ちどまってしまひました。それは蟇の、這ひながらかんがへてゐることが、まるで遠くで風でもつぶやくやうに、タネリの耳にきこえてきたのです。

（どうだい、おれの頭のうへは。

いつから、こんな、

ぺらぺら赤い火になったらう。）

「火なんか燃えてない。」タネリは、こはごは云ひました。蟇は、やっぱりのそのそ這ひながら、

（そこらはみんな、桃いろをした木耳《きくらげ》だ。

ぜんたい、いつから、

こんなにぺらぺらしだしたのだらう。）といってゐます。タネリは、俄《にはか》にこはくなって、いちもくさんに遁《に》げ出しました。

しばらく走って、やっと気がついてとまってみると、すぐ目の前に、四本の栗《くり》が立ってゐて、その一本の梢《こずゑ》には、黄金《きん》いろをした、やどり木の立派なまりがついてゐました。タネリは、やどり木に何か云はうとしましたが、あんまり走って、胸がどかどかふいごのやうで、どうしてもものが云へませんでした。早く息をみんな吐いてしまはうと思って、青ぞらへ高く、ほうと叫んでも、まだなほりませんでした。藤蔓《ふぢつる》を一つまみ噛《か》んでみても、まだなほりませんでした。そこでこんどはふっと吐き出してみましたら、やうやく叫べるやうになりました。

「栗の木　死んだ、何して死んだ、
子どもにあたまを食はれて死んだ。」

するとすぐ上の方で、やどりぎが、ちらっと笑ったやうでした。タネリは、面白がって節をつけてまた叫びました。

「栗の木食って　栗の木死んで
かけすが食って　子どもが死んで
夜鷹《よだか》が食って　かけすが死んで
鷹は高くへ飛んでった。」

やどりぎが、上でべそをかいたやうなので、タネリは高く笑ひました。けれども、その笑ひ声が、潰《つぶ》れたやうに丘へひびいて、それから遠くへ消えたとき、タネリは、しょんぼりしてしまひました。そしてさびしさうに、また藤《ふぢ》の蔓《つる》を一つまみとって、にちゃにちゃと噛みはじめました。

その時、向ふの丘の上を、一疋《ぴき》の大きな白い鳥が、日を遮《さへ》ぎって飛びたちました。はねのうらは桃いろにぎらぎらひかり、まるで鳥の王さまとでもいふふう、タネリの胸は、まるで、酒でいっぱいのやうになりました。タネリは、いま噛んだばかりの藤蔓を、勢よく草に吐いて高く叫びました。

「おまへは鴇《とき》といふ鳥かい。」

鳥は、あたりまへさといふやうに、ゆっくり丘の向ふへ飛んで、まもなく見えなくなりました。タネリは、まっしぐらに丘をかけのぼって、見えなくなった鳥を追ひかけました。丘の頂上に来て見ますと、鳥は、下の小さな谷間の、枯れた蘆《あし》のなかへ、いま飛び込むところです。タネリは、北風カスケより速く、丘を馳《か》け下りて、その黄いろな蘆むらのまはりを、ぐるぐるまはりながら叫びました。

「おゝい、鴇、

おいらはひとりなんだから、
おまへはおいらと遊んでおくれ。
おいらはひとりなんだから。」

鳥は、ついておいでといふやうに、蘆のなかから飛びだして、南の青いそらの板に、射られた矢のやうにかけあがりました。タネリは、青い影法師といっしょに、ふらふらそれを追ひました。かたくりの花は、その足もとで、たびたびゆらゆら燃えましたし、空はぐらぐらゆれました。鳥は俄《には》かに羽をすぼめて、石ころみたいに、枯草の中に落ちては、またまっすぐに飛びあがります。タネリも、つまづいて倒れてはまた起きあがって追ひかけました。鳥ははるかの西に外《そ》れて、青じろく光りながら飛んで行きます。タネリは、一つの丘をかけあがって、ころぶやうにまたかけ下りました。そこは、ゆるやかな野原になってゐて、向ふは、ひどく暗い巨《おほ》きな木立でした。鳥は、まっすぐにその森の中に落ち込みました。タネリは、胸を押へて、立ちどまってしまひました。向ふの木立が、あんまり暗くて、それに何の木かわからないのです。ひばよりも暗く、榧《かや》よりももっと陰気で、なかには、どんなものがかくれてゐるか知れませんでした。それに、何かきたいな怒鳴《どな》りや叫びが、中から聞えて来るのです。タネリは、いつでも遁《に》げられるやうに、半分うしろを向いて、片足を出しながら、こはごはそっちへ叫んで見ました。

「鴇《とき》、鴇、おいらとあそんでおくれ。」

「えい、うるさい、すきなくらゐそこらであそんでけ。」たしかにさっきの鳥でないちがったものが、そんな工合《ぐあひ》にへんじしたのでした。

「鴇、鴇、だから出てきておくれ。」

「えい、うるさいったら。ひとりでそこらであそんでけ。」

「鴇、鴇、おいらはもう行くよ。」

「行くのかい。さよなら、えい、畜生、その骨汁《ほねじる》は、空虚《から》だったのか。」

タネリは、ほんたうにさびしくなって、また藤《ふぢ》の蔓《つる》を一つまみ、噛《か》みながら、もいちど森を見ましたら、いつの間にか森の前に、顔の大きな犬神みたいなものが、片っ方の手をふところに入れて、山梨《やまなし》のやうな赤い眼をきょろきょろさせながら、じっと立ってゐるのでした。タネリは、まるで小さくなって、一目さんに遁げだしました。そしていなづまのやうにつゞけざまに丘を四つ越えました。そこに四本の栗の木が立って、その一本の梢《こずゑ》には、立派なやどりぎのまりがついてゐました。それはさっきのやどりぎでした。いかにもタネリをばかにしたやうに、上できらきらひかってゐます。タネリは工合のわるいのをごまかして、

「栗の木、起きろ。」と云ひながら、うちの方へあるきだしました。日はもう、よっぽど西にかたよって、丘には陰影《かげ》もできました。かたくりの花はゆらゆらと燃え、その葉の上には、いろいろな黒いもやうが、次から次と、出てきては消え、でてきては消えしてゐます。タネリは低く読みました。

「太陽《てんたう》は、
丘の髪毛《かみけ》の向ふのはうへ、
かくれて行ってまたのぼる。
そしてかくれてまたのぼる。」

タネリは、つかれ切って、まっすぐにじぶんのうちへもどって来ました。

「白樺《しらかば》の皮、剝《は》がして来たか。」タネリがうちに着いたとき、タネリのお母さんが、小屋の前で、こならの実を搗《つ》きながら云ひました。

「うんにゃ。」タネリは、首をちぢめて答へました。

「藤蔓《ふぢつる》みんな噛《か》じって来たか。」

「うんにゃ、どこかへ無くしてしまったよ。」タネリがぼんやり答へました。

「仕事に藤蔓噛みに行って、無くしてくるものあるんだか。今年はおいら、おまへのきものは、一つも編んでやらないぞ。」お母さんが少し怒って云ひました。

「うん。けれどもおいら、一日噛《か》んでゐたやうだったよ。」

タネリが、ぼんやりまた云ひました。

「さうか。そんだらいい。」お母さんは、タネリの顔付きを見て、安心したやうに、またこならの実を搗きはじめました。

春

水星少女歌劇団一行

（ヨハンネス！　ヨハンネス！　とはにかはらじを
ヨハンネス！　ヨハンネス！　とはにかはらじを……）
（あらドラゴン！　ドラゴン！）
（まあドラゴンが飛んで来たわ）
（ドラゴン、ドラゴン！　香油をお呉れ）
（ドラゴン！　ドラゴン！　香油をお呉れ）
（あの竜《ドラゴン》、翅が何だかびっこだわ）

(片っ方だけぴいんと張って東へ方向を変へるんだわ)
(香油を吐いて落してくれりゃ、座主《マスター》だって助かるわ)
(竜の吐くのは夏だけだって)
(そんなことないわ　春だって吐くわ)
(夏だけだわよ)
(春でもだわよ)
(何を喧嘩してんだ)
(ねえ、勲爵士、竜の吐くのは夏だけだわね)
(春もだわねえ、強いジョニー!)
(あゝ竜《ドラゴン》の香料か。あれは何でもから松か何か
新芽をあんまり食ひすぎて、胸がやけると吐くんださうだ)
(するといったいどっちなの!!)
(つまりは春とか夏とかは、季節の方の問題だ、
竜の勝手にして見ると、なるべく青いいゝ芽をだな、
翅をあんまりうごかさないで、なるべくたくさん食ふのがいゝといふ訳さ

ふう　いゝ天気だねえ、どうだ、水百合が盛んに花粉を噴くぢゃあないか。）

沼地はプラットフォームの東、いろいろな花の爵やカップが、代る代る厳めしい蓋を開けて、青や黄いろの花粉を噴くと、それはどんどん沼に落ちて渦になったり条になったり株の間を滑ってきます。

（ねえジョニー、向ふの山は何ていふの？）

（あれが名高いセニヨリタスさ）

（まあセニヨリタス！）

（まあセニヨリタス！）

（あの白いのはやっぱり雪？）

（雪ともさ）

（水いろのとこ何でせう）

（谷がかすんでゐるんだよ
おゝ燃え燃ゆるセニヨリタス
ながもすそなる水いろと銀なる襞をととのへよ
といってね）

（けむりを吐いてゐないぢゃない？）

（けむをはいたは昔のことさ）

（そんならいまは死火山なの）

（瓦斯をすこうし吐いてるさうだ）

（あすこの上にも人がゐるの）

（居るともさ、それがさっきのヨハンネスだらう、汽車の煙がまだ見えないな）

ジョニーは向ふへ歩いて行き、向ふの小さな泥洲では、ぼうぼうと立つ白い湯気のなかを、蟇がつるんで這ってゐます。

一八四　「春」変奏曲

いろいろな花の爵やカップ、
それが厳めしい蓋を開けて、
青や黄いろの花粉を噴くと、
そのあるものは
片っぱしから沼に落ちて
渦になったり条になったり
ぎらぎら緑の葉をつき出した水ぎぼうしの株を

一九二四、八、二二、
一九三三、七、　五、

あっちへこっちへ避けてしづかに滑ってゐる
ところがプラットフォームにならんだむすめ
そのうちひとりがいつまでたっても笑ひをやめず
みんなが肩やせなかを叩き
いろいろしてももうどうしても笑ひやめず
（ギルダちゃんたらいつまでそんなに笑ふのよ）
（あたし……やめようとおも……ふんだけれど……）
（水を吞んだらいゝんぢゃあないの）
（誰かせなかをたゝくといゝわ）
（さっきのドラゴが何か悪気を吐いたのよ）
（眼がさきにをかしいの　お口がさきにをかしいの？）
（そんなこときいたってしかたないわ）
（のどが……とっても……くすぐったい……の……）
（まあ大へんだわ　あら楽長さんがやってきた）
（みんなこっちへかたまって、何かしたかい）

（ギルダちゃんとてもわらってひどいのよ）
（星葉木の胞子だらう
のどをああんとしてごらん
こっちの方のお日さまへ向いて
さうさう　おゝ桃いろのいゝのどだ
やっぱりさうだ
星……葉木の胞子だな
つまり何だよ　星葉木の胞子にね
四本の紐があるんだな
そいつが息の出入のたんび
湿気の加減がかはるんで、
のどでのびたり、
くるっと巻いたりするんだな
誰かはんけちを、水でしぼってもっといで
あっあっ沼の水ではだめだ、

あすこでことこと云ってゐる
タンクの脚でしぼっておいで
ぜんたい星葉木なんか
もう絶滅してゐる筈なんだが
どこにいったいあるんだらう
なんでも風の上だから
あっちの方にはちがひないが）
　そっちの方には星葉木のかたちもなくて、
　手近に五本巨きなドロが
　かゞやかに日を分劃し
　わづかに風にゆれながら
　枝いっぱいに硫黄の粒を噴いてゐます
（先生、はんけち）
（ご苦労、ご苦労
ではこれを口へあてて

しづかに四五へん息をして　さうさう
えへんとひとつしてごらん
もひとつえへん　さう、どうだい）
（あゝ助かった
先生どうもありがたう）
（ギルダちゃん　おめでたう）
（ギルダちゃん　おめでたう）
ベーリング行XZ号の列車は
いま触媒の白金を噴いて、
線路に沿った黄いろな草地のカーペットを
ぶすぶす黒く焼き込みながら
梃々として走って来ます

図書館幻想

おれはやっとのことで十階の床をふんで汗を拭《ぬぐ》った。

そこの天井は途方もなく高かった。全体その天井や壁が灰色の陰影だけで出来てゐるのかつめたい漆喰《しつくひ》で固めあげられてゐるのかわからなかった。

(さうだ。この巨《おほ》きな室《へや》にダルゲが居るんだ。今度こそは会へるんだ。)とおれは考へて一《ちよ》寸《つと》胸のどこかが熱くなったか熔《と》けたかのやうな気がした。

高さ二丈ばかりの大きな扉《と》が半分開いてゐた。おれはするりとはひって行った。

室の中はガランとしてつめたく、せいの低いダルゲが手を額にかざしてそこの巨きな窓から西のそらをじっと眺《なが》めてゐた。
ダルゲは灰色で腰には硝子《ガラス》の簑《みの》を厚くまとってゐた。そしてじっと動かなかった。
窓の向ふにはくしゃくしゃに縮れた雲が痛々しく白く光ってゐた。
ダルゲが俄《には》かにつめたいすきとほった声で高く歌ひ出した。
西ぞらの
ちゞれ羊から
おれの崇敬は照り返され
（天の海と窓の日覆ひ。）
おれの崇敬は照り返され。
おれは空の向ふにある氷河の棒をおもってゐた。
ダルゲは又じっと額に手をかざしたまゝ動かなかった。
おれは堪《こら》へかねて一足そっちへ進んで叫んだ。
「白堊《はくあ》系の砂岩の斜層理について。」
ダルゲは振り向いて冷やかにわらった。

〔われはダルケを名乗れるものと〕

われはダルケを名乗れるものと
つめたく最後のわかれを交はし
閲覧室の三階より
白き砂をはるかにたどるこゝちにて
その地下室に下り来り
かたみに湯と水とを呑めり
そのとき瓦斯のマントルはやぶれ

焔は葱の華なせば
網膜半ば奪はれて
その洞黒く錯乱せりし

かくてぞわれはその文に
ダルケと名乗る哲人と
永久《とは》のわかれをなせるなり

真空溶媒

（Eine Phantasie im Morgen）

融銅はまだ眩《くら》めかず
白いハロウも燃えたたず
地平線ばかり明るくなつたり陰《かげ》つたり
はんぶん溶けたり澱んだり
しきりにさつきからゆれてゐる
おれは新らしくてパリパリの
銀杏《いてふ》なみきをくぐつてゆく

その一本の水平なえだに
りつぱな硝子のわかものが
もうたいてい三角にかはつて
そらをすきとほしてぶらさがつてゐる
けれどもこれはもちろん
そんなにふしぎなことでもない
おれはやつぱり口笛をふいて
大またにあるいてゆくだけだ
いてふの葉ならみんな青い
冴えかへつてふるへてゐる
いまやそこらはalcohol瓶のなかのけしき
白い輝雲《きうん》のあちこちが切れて
あの永久の海蒼《かいさう》がのぞきでてゐる
それから新鮮なそらの海鼠《なまこ》の匂
ところがおれはあんまりステツキをふりすぎた

こんなにはかに木がなくなつて
眩ゆい芝生《しばふ》がいつぱいいつぱいにひらけるのは
さうとも　銀杏並樹《いてふなみき》なら
もう二哩もうしろになり
野の緑青《ろくしやう》の縞のなかで
あさの練兵をやつてゐる
うらうら湧きあがる昧爽《まいさう》のよろこび
氷ひばりも啼いてゐる
そのすきとほつたきれいななみは
そらのぜんたいにさへ
かなりの影《えい》きやうをあたへるのだ
すなはち雲がだんだんあをい虚空に融けて
たうとういまは
ころころまるめられたパラフヰンの団子《だんご》になつて
ぽつかりぽつかりしづかにうかぶ

地平線はしきりにゆすれ
むかふを鼻のあかい灰いろの紳士が
うまぐらゐあるまつ白な犬をつれて
あるいてゐることはじつに明らかだ
（やあ　こんにちは）
（いや　いゝおてんきですな）
（どちらへ　ごさんぽですか
なるほど　ふんふん　ときにさくじつ
ゾンネンタールが没《な》くなつたさうですが
おききでしたか）
（いゝえ　ちつとも
ゾンネンタールと　はてな）
（りんごが中《あた》つたのださうです）
（りんご　ああ　なるほど
それはあすこにみえるりんごでせう）

はるかに湛《たた》へる花紺青の地面から
その金いろの苹果《りんご》の樹が
もくりもくりと延びだしてゐる
（金皮のまゝたべたのです）
（そいつはおきのどくでした
はやく王水をのませたらよかつたでせう）
（王水　口をわつてですか
ふんふん　なるほど）
（いや王水はいけません
やつぱりいけません
死ぬよりしかたなかつたでせう
うんめいですな
せつりですな
あなたとはご親類ででもいらつしやいますか）
（えゝえゝ　もうごくごく遠いしんるゐで）

いつたいなにをふざけてゐるのだ
みろ　その馬ぐらゐあつた白犬が
はるかのはるかのむかふへ遁げてしまつて
いまではやつと南京鼠《なんきんねずみ》のくらゐにしか見えない
（あ　わたくしの犬がにげました）
（追ひかけてもだめでせう）
（いや　あれは高価《たか》いのです
おさへなくてはなりません
さよなら）
苹果《りんご》の樹がむやみにふえた
おまけにのびた
おれなどは石炭紀の鱗木《りんぼく》のしたの
ただいつぴきの蟻でしかない
犬も紳士もよくはしつたもんだ
東のそらが苹果林《りんごばやし》のあしなみに

いつぱい琥珀をはつてゐる
そこからかすかな苦扁桃《くへんたう》の匂がくる
すつかり荒《す》さんだひるまになつた
どうだこの天頂《ちやう》の遠いこと
このものすごいそらのふち
愉快な雲雀《ひばり》もとうに吸ひこまれてしまった
かあいさうにその無窮遠《むきゆうゑん》の
つめたい板の間《ま》にへたばつて
瘠せた肩をぷるぷるしてるにちがひない
もう冗談ではなくなつた
画かきどものすさまじい幽霊が
すばやくそこらをはせぬけるし
雲はみんなリチウムの紅い焰をあげる
それからけはしいひかりのゆきき
くさはみな褐藻類にかはられた

ここここそわびしい雲の焼け野原
風のヂグザグや黄いろの渦
そらがせはしくひるがへる
なんといふとげとげしたさびしさだ
（どうなさいました　牧師さん）
あんまりせいが高すぎるよ
（ご病気ですか
たいへんお顔いろがわるいやうです）
（いやありがたう
べつだんどうもありません
あなたはどなたですか）
（わたくしは保安掛りです）
いやに四かくな背嚢《はい》だ
そのなかに苦味《くみ》丁幾《ちんき》や硼酸《はうさん》や
いろいろはひつてゐるんだな

（さうですか
今日なんかおつとめも大へんでせう）
（ありがたう
いま途中で行き倒《だふ》れがありましてな）
（どんなひとですか）
（りつぱな紳士です）
（はなのあかいひとでせう）
（さうです）
（犬はつかまつてゐましたか）
（臨終《りんじゆう》にさういつてゐましたがね
犬はもう十五哩もむかふでせう
じつにいゝ犬でした）
（ではあのひとはもう死にましたか）
（いゝえ露がおりればなほります
まあちよつと黄いろな時間だけの仮死《かし》ですな

うらひどい風だ　まゐつちまふ）
まつたくひどいかぜだ
たふれてしまひさうだ
沙漠でくされた駝鳥《だてう》の卵
たしかに硫化水素ははひつてゐるし
ほかに無水亜硫酸
つまりこれはそらからの瓦斯の気流に二つある
しようとつして渦になつて硫黄華《くわ》ができる
　　気流に二つあつて硫黄華ができる
　　　気流に二つあつて硫黄華ができる
（しつかりなさい　しつかり
もしもし　しつかりなさい
たうとう参つてしまつたな
たしかにまゐつた
そんならひとつお時計をちやうだいしますかな）

おれのかくしに手を入れるのは
なにがいつたい保安掛りだ
必要がない　どなつてやらうか
　　　　どなつてやらうか
　　　　　どなつてやらうか
　　　　　　どなつ……

水が落ちてゐる
ありがたい有難い神はほめられよ　雨だ
悪い瓦斯はみんな溶けろ
（しつかりなさい　しつかり
　もう大丈夫です）
何が大丈夫だ　おれははね起きる
（だまれ　きさま
　黄いろな時間の追剝め
　飄然たるテナルディ軍曹だ

きさま
　あんまりひとをばかにするな
　保安掛りとはなんだ　きさま)
いゝ気味だ　ひどくしよげてしまつた
ちゞまつてしまつたちひさくなつてしまつた
ひからびてしまつた
四角な背嚢ばかりのこり
たゞ一かけの泥炭《でいたん》になつた
ざまを見ろじつに醜《みにく》い泥炭なのだぞ
背嚢なんかなにを入れてあるのだ
保安掛り　じつにかあいさうです
カムチヤツカの蟹の缶詰と
陸稲《をかぼ》の種子がひとふくろ
ぬれた大きな靴が片つ方
それと赤鼻紳士の金鎖

どうでもいゝ　実にいゝ空気だ
ほんたうに液体のやうな空気だ
（ウーイ　神はほめられよ
　みちからのたたふべきかな
　ウーイ　いゝ空気だ）
そらの澄《ちよう》明　すべてのごみはみな洗はれて
ひかりはすこしもとまらない
だからあんなにまつくらだ
太陽がくらくらまはつてゐるにもかゝはらず
おれは数しれぬほしのまたたきを見る
ことにもしろいマヂエラン星雲
草はみな葉緑素を恢復し
葡萄糖を含む月光液《げつくわうえき》は
もうよろこびの脈さへうつ
泥炭がなにかぶつぶつ言つてゐる

（もしも　牧師さん
あの馳せ出した雲をごらんなさい
まるで天の競馬のサラアブレッドです）
（うん　きれいだな
雲だ　競馬だ
天のサラアブレッドだ　雲だ）
あらゆる変幻の色彩を示し
……もうおそい　ほめるひまなどない
虹彩はあはく変化はゆるやか
いまは一むらの軽い湯気《ゆげ》になり
零下二千度の真空溶媒《しんくうようばい》のなかに
すつととられて消えてしまふ
それどこでない　おれのステツキは
いつたいどこへ行つたのだ
上着もいつかなくなつてゐる

チョッキはたつたいま消えて行つた
恐るべくかなしむべき真空溶媒は
こんどはおれに働きだした
まるで熊の胃袋のなかだ
それでもどうせ質量不変の定律だから
べつにどうにもなつてゐない
といつたところでおれといふ
この明らかな牧師の意識から
ぐんぐんものが消えて行くとは情ない
（いやあ　奇遇ですな）
（おお　赤鼻紳士
たうとう犬がおつかまりでしたな）
（ありがたう　しかるに
あなたは一体どうなすつたのです）
（上着をなくして大へん寒いのです）

（なるほど　はてな
あなたの上着はそれでせう）
（どれですか）
（あなたが着ておいでになるその上着）
（なるほど　ははあ
真空のちよつとした奇術《ツリツク》ですな）
（えゝ　さうですとも
ところがどうもをかしい
それはわたしの金鎖ですがね）
（えゝどうせその泥炭の保安掛りの作用です）
（ははあ　泥炭のちよつとした奇術《ツリツク》ですな）
（さうですとも
犬があんまりくしやみをしますが大丈夫ですか）
（なあにいつものことです）
（大きなもんですな）

（これは北極犬です）
（馬の代りには使へないんですか）
（使へますとも　どうです
　お召しなさいませんか）
（どうもありがたう
　そんなら拝借しますかな）
（さあどうぞ）
おれはたしかに
その北極犬のせなかにまたがり
犬神のやうに東へ歩き出す
まばゆい緑のしばくさだ
おれたちの影は青い沙漠旅行《りよかう》
そしてそこはさつきの銀杏《いてふ》の並樹
こんな華奢な水平な枝に
硝子のりつぱなわかものが

すつかり三角になつてぶらさがる

（一九二三、五、一八）

Ⅲ　鬼言の章

一〇六七　鬼語　四

そんなに無事が苦しいなら
あの死刑の残りの一族を
おまへのうちへ乗り込ませよう

一九二七、五、一三、

三八三　鬼言（幻聴）

一九二五、一〇、一八、

三十六号！
左の眼は三！
右の眼は六！
斑《ぶち》石をつかってやれ

三八三　鬼言（幻聴）【先駆形】

一九二五、一〇、一八、

きさまもう
見てならないものをずゐぶん見たのだから
眼を石で封じられてもいいころだ
36号！
左の眼は3！
右の眼は6！
ぶちいしをつかってやれ

〔丁丁丁丁丁〕

丁丁丁丁丁
丁丁丁丁丁
叩きつけられてゐる　丁
叩きつけられてゐる　丁
藻でまっくらな　丁丁丁
塩の海　丁丁丁丁丁
熱　丁丁丁丁丁

　　熱　熱　　丁　丁　丁
　　　（尊　々　殺　々　殺
　　　殺　々　尊　々　々
　　　尊　々　殺　々　殺
　　　殺　々　尊　々　尊）
ゲニイめたうとう本音を出した
やってみろ　丁　丁　丁
きさまなんかにまけるかよ
　何か巨きな鳥の影
　ふう　丁　丁　丁
海は青じろく明け　丁
もうもうあがる蒸気のなかに
香ばしく息づいて泛ぶ
巨きな花の蕾がある

復活の前

春が来ます、私の気の毒なかなしいねがひが又もやおこることでせう、あゝちゝはゝよ、いちばんの幸福は私であります

総《すべ》てはわれわれに在《あ》るがごとくに開展して来る。見事にも見事にも開展して来る。土性調査、兵役、炭焼、しろい空等

われは古着屋のむすこなるが故にこのよろこびを得たり

総ての音は斯《か》く言へり
総ての光線は斯くふるへり
総《すべ》ての人はかくよろこべり

海浜か林の中の小さな部落で私はお釈迦《しやか》様のおまつりをしたい、お菓子を一つづゝ、又はとれるだけ人人のとるにまかせつゝうまい、冷めたいのみものを人々の飲むに任せまた釈迦像のあたまから浴びせるに任せ、

私はさびしい、父はなきながらしかる、かなしい、母はあかぎれして私の幸福を思ふ。私はいくぢなしの泣いてばかりゐる、あゝまっしろな空よ、
私はあゝさびしい

黒いものが私のうしろにつと立ったり又すうと行ったりします、頭や腹がネグネグとふくれてあるく青い蛇《へび》がゐます、蛇には黒い足ができました、黒い足は夢のやうにうごきます、これは竜です、たうとう飛びました、私の額はかじられたやうです

暁烏《あけがらす》さんが云《い》ひました「この人たちは自分の悪いことはそこのけで人の悪いのをさがし責める、そのばちがあたってこの人たちは悲憤かう慨するのです」

功利主義の哲学者は永い間かゝって自分の功利的なことを内観し遂げました。これ実に人類の為《ため》におめでたいことではありませんか

(今人が死ぬところです) 自分の中で鐘の烈《はげ》しい音がする。何か物足らぬ様な怒ってやりたい様な気がする。その気持がぼうと赤く見える。赤いものは音がする。だんだん動いて来る。燃えてゐる、やあ火だ、然《しか》しこれは間違で今にさめる。や音がする、熱い、あこれは熱い、火だ火だほんたうの火、あついほんたうの火だ、あゝこゝは火の五万里のほのほのそのまんなかだ。

無上甚深微妙《じんじんみめう》の法は百千万劫《ごふ》にも遭遇したてまつることかたし。われいま見聞し受持することを得たり。ねがはくは如来《にょらい》の第一義を解し奉らん

なんにもない、なぁんにもない、なぁんにもない。

戦が始まる、こゝから三里の間は生物のかげを失《な》くして進めとの命令がでた。私は剣で沼の中や便所にかくれて手を合せる老人や女をズブリズブリとさし殺し高く叫び泣きながらかけ足をする。

私は馬鹿《ばか》です、だからいつでも自分のしてゐるのが一番正しく真実だと思ってゐます、真理だなんとよそよそしくも考へたものです

なみだなくして人を責めるのはもとめるのです。

三三七　国立公園候補地に関する意見

一九二五、五、一一、

どうですか　この鎔岩流は
殺風景なもんですなあ
噴き出してから何年たつかは知りませんが
かう日が照ると空気の渦がぐらぐらたって
まるで大きな鍋ですな
いたゞきの雪もあをあを煮えさうです
まあパンをおあがりなさい

いったいこゝをどういふわけで、
国立公園候補地に
みんなが運動せんですか
いや可能性
それは充分ありますよ
もちろん山をぜんたいです
うしろの方の火口湖　温泉　もちろんですな
鞍掛山もむろんです
ぜんたい鞍掛山はです
Ur-Iwate とも申すべく
大地獄よりまだ前の
大きな火口のへりですからな
さうしてこゝは特に地獄にこしらへる
愛嬌たっぷり東洋風にやるですな
鎗のかたちの赤い柵

枯木を凄くあしらひまして
あちこち花を植ゑますな
花といってもなんですな
きちがひなすび　まむしさう
それから黒いとりかぶとなど、
とにかく悪くやることですな
さうして置いて、
世界中から集った
猾るいやつらや悪どいやつの
頭をみんな剃ってやり
あちこち石で門を組む
死出の山路のほととぎす
三途の川のかちわたし
六道の辻
えんまの庁から胎内くぐり

はだしでぐるぐるひっぱりまはし
それで罪障消滅として
天国行きのにせ免状を売りつける
しまひはそこの三つ森山で
交響楽をやりますな
第一楽章　アレグロブリオははねるがごとく
第二楽章　アンダンテ　やゝうなるがごとく
第三楽章　なげくがごとく
第四楽章　死の気持ち
よくあるとほりはじめは大へんかなしくて
それからだんだん歓喜になって
最後は山のこっちの方へ
野砲を二門かくして置いて
電気でずどんと実弾をやる
Aワンだなと思ったときは

もうほんものの三途の川へ行ってるですな
ところがこゝで予習をつんでゐますから
誰もすこしもまごつかない　またわたくしもまごつかない
さあパンをおあがりなさい
向ふの山は七時雨
陶器に描いた藍の絵で
あいつがつまり背景ですな

スタンレー探険隊に対する二人のコンゴー土人の演説

白人白人いづくへ行くや
こゝを溯らば毒の滝
がまは汝を膨らまし
鰐は汝の手を食はん

ちがひなしちがひなし
がまは汝の舌を抜き

鰐は汝の手を食はん

白人白人いづくへ行くや
こゝより奥は暗の森
藪は汝の足をとり
蕈は汝を腐らさん

ちがひなしちがひなし
藪は汝の足をとり
蕈は汝を腐らさん

白人白人いづくへ行くや
こゝを昇らば熱の丘
赤は汝をえぼ立たせ
黒は汝を乾かさん

ちがひなしちがひなし
赤は汝をえぼ立たせ
黒は汝を乾かさん

白人白人いづくへ行くや
こゝを過ぐれば化の原
蛇はまとはんなんぢのせなか
猫は遊ばんなんぢのあたま

ちがひなしちがひなし
蛇はまとはんなんぢのせなか
猫は遊ばんなんぢのあたま

白人白人いづくへ行くや

原のかなたはアラヴ泥
どどどどうと押し寄せて
汝らすべて殺されん

ちがひなしちがひなし
どどどどうと押し寄せて
汝らすべて殺されん

(このときスタンレー探険隊長こらへかねて
噴き出し土人は叫びて遁げ去る)

三一三　命令

一九二四、一一、二、

マイナス第一中隊は
午前一時に露営地を出発し
現在の松並木を南方に前進して
向ふの、
あの、
そら、
あの黒い特立樹の尖端から

右方指二本の緑の星、
あすこの泉地を経過して
市街のコロイダーレな照明を攻撃せよ
　第一小隊長
　きさまは途中の行軍中、
　そらのねむけを嚙みながら行け
それから市街地近傍の、
並木に沿った沼沢には
睡蓮や蓴菜《じゅんさい》
いろいろな燐光が出没するけれども
すこしもそれにかまってはならない
いいか　わかったか
命令　終り

花椰菜《はなやさい》

うすい鼠《ねずみ》がかった光がそこらいちめんほのかにこめてゐた。

そこはカムチャッカの横の方の地図で見ると山脈の褐色《かっしょく》のケバが明るくつらなってゐるあたりらしかったが実際はそんな山も見えず却《かへ》ってでこぼこの野原のやうに思はれた。

とにかく私は粗末な白木の小屋の入口に座ってゐた。

その小屋といふのも南の方は明けっぱなしで壁もなく窓もなくたゞ二尺ばかりの腰板がぎしぎし張ってあるばかりだった。

一人の髪のもぢゃもぢゃした女と私は何か談《はな》してゐた。その女は日本から渡った百姓のおかみさんらしかった。たしかに肩に四角なきれをかけてゐた。

私は談しながら自分の役目なのでしきりに横目でそっと外を見た。

外はまっくろな腐植土の畑で向ふには暗い色の針葉樹がぞろりとならんでゐた。

小屋のうしろにもたしかにその黒い木がいっぱいにしげってゐるらしかった。畑には灰いろの花椰菜《はなやさい》が光って百本ばかりそれから蕃茄《トマト》の緑や黄金《きん》の葉がくしゃくしゃにからみ合ってゐた。馬鈴薯《ばれいしよ》もあった。馬鈴薯は大抵倒れたりガサガサに枯れたりしてゐた。ロシア人やだったん人がふらふらと行ったり来たりしてゐた。全体祈ってゐるのだらうか畑を作ってゐるのだらうかと私は何べんも考へた。

実にふらふらと踊るやうに泳ぐやうに往来してゐた。そして横目でちらちら私を見たのだ。黒い繻子《しゆす》のみじかい三角マントを着てゐたものもあった。むやみにせいが高くて頑丈《ぐわんぢやう》さうな曲った脚に脚絆《きやはん》をぐるぐる捲《ま》いてゐる人もあった。

右手の方にきれいな藤《ふぢ》いろの寛衣をつけた若い男が立ってだまって私をさぐるやうに見てゐた。私と瞳《ひとみ》が合ふや俄《にはか》に顔色をゆるがし眉《まゆ》をきっとあげた。そして腰につけてゐた刀の模型のやうなものを今にも抜くやうなそぶりをして見せた。私はつまらないと思った。それからチラッと愛を感じた。すべて敵に遭《あ》って却《かへ》ってそれをなつかしむ、これがおれのこの頃《ごろ》の病気だと私はひとりでつぶやいた。そして哂《わら》った。考へて又哂った。

その男はもう見えなかった。

その時百姓のおかみさんが小屋の隅の幅二尺ばかりの白木の扉《と》を指さして

「どうか婆《ば》にも一寸《ちよつと》遭っておくなさい。」と云った。私はさっきからその扉は外へ出る為《ため》のだと思ってゐたのだ。もっとも時々頭の底ではあ騒動のときのかくれ場所だななどと考へてはゐた。けれども戸があいた。そして黒いゴリゴリのマントらしいものを着てまっ白に光った髪のひどく陰気なばあさんが黙って出て来て黙って座った。そして不思議さうにしげしげ私の顔を見つめた。

私はふっと自分の服装を見た。たしかに茶いろのポケットの沢山ついた上着を着て長靴《ながぐつ》をはいてゐる。そこで私は又私の役目を思ひ出した。そして又横目でそっと作物の発育の工合《ぐあひ》を眺《なが》めた。一エーカー五百キログラム、いやもっとある、などと考へた。人がうろうろしてゐた。せいの高い顔の滑らかに黄いろな男がゐた。あれは支那《しな》人にちがひないと思った。

よく見るとたしかに髪を捲いてゐた。その男は大股《おほまた》に右手に入った。それから小さな親切さうな青いきものの男がどうしたわけか片あしにリボンのやうにはんけちを結んでゐた。そして両あしをきちんと集めて少しかゞむやうにしてしばらくじっとしてゐた。私はたしかに祈りだと思った。

私はもういつか小屋を出てゐた。全く小屋はいつかなくなってゐた。うすあかりが青くけむり東のそらには日本の春の夕方のやうに鼠《ねずみ》色の重い雲が一杯に重なってゐた。そこに紫苑《しをん》の花びらが羽虫のやうにむらがり飛びかすかに光って渦を巻いた。

みんなはだれもパッと顔をほてらせてあつまり手を斜に東の空へのばして「ホッホッホッ。」と叫んで飛びあがった。私は花椰菜《はなやさい》の中ですっぱだかになってゐた。私のからだは貝殻よりも白く光ってゐた。私は感激してみんなのところへ走って行った。そしてはねあがって手をのばしてみんなと一緒に
「ホッホッホッホッ」と叫んだ。

たしかに紫苑のはなびらは生きてゐた。

みんなはだんだん東の方へうつって行った。

それから私は黒い針葉樹の列をくぐって外に出た。白崎特務曹長《さうちやう》がそこに待ってゐた。そして二人はでこぼこの丘の斜面のやうなところをあるいてゐた。柳の花がきんきんと光って飛んだ。

「一体何をしらべて来いと云ふんだったらう。」私はふとたよりないこゝろもちになってか

う云った。

「種子をまちがへたんでせう。それをしらべて来いと云ふんでせう。」

「いや収量がどれだけだったかといふのらしかったぜ。」私は又云った。

向ふにべつの畑が光って見えた。そこにも花椰菜《はなやさい》がならんでゐた。これから本国へたづねてやるのも返事の来るまで容易でない、それにまだ二百里だ、と私は考へて又たよりないやうな気がした。

白崎特務曹長は先に立ってぐんぐん歩いた。

あけがた

おれはその時その青黒く淀《よど》んだ室《へや》の中の堅い灰色の自分の席にそはそは立ったり座ったりしてゐた。

二人の男がその室の中に居た。一人はたしかに獣医の有本でも一人はさまざまのやつらのもやもやした区分キメラであった。

おれはどこかへ出て行かうと考へてゐるらしかった。飛ぶんだぞ霧の中をきらっとふっとんでやるんだなどと頭の奥で叫んでゐた。ところがその二人がしきりに着物のはなしをした。

おれはひどくむしゃくしゃした。そして卓をガタガタゆすってゐた。

いきなり霧積が入って来た。霧積は変に白くぴかぴかする金襴《きんらん》の羽織を着てゐた。そしてひどく嬉《うれ》しさうに見えた。今朝は支那《しな》版画展覧会があって自分はその幹事になってゐるからそっちへ行くんだと云《い》ってかなり大声で笑った。おれはそれがしゃくにさはった。第一霧積は今日はおれと北の方の野原へ出かける約束だったのだ、それを白っぽい金襴の羽織などを着込んでわけもわからない処《ところ》へ行ってけらけら笑ったりしようといふのはあんまり失敬だと、おれは考へた。

ところが霧積はどう云ふわけか急におれの着物を笑ひ出した。有本も笑った。区分キメラもつめたくあざ笑った。なんだ着物のことなどか、きさまらは男だらう、それに本気で着ものことを云ふのか、などとおれはそっと考へて見たがどうも気持が悪かった。それから今度は有本が何かもにゃもにゃ云っておれを慰めるやうにした。おれにはどういふわけで自分に着物が斯《か》う足りないのかどう考へても判《わか》らなくてひどく悲しかった。そこでおれは立ちあがって云った。

「あたりまへさ。おれなんぞまだ着物など三つも四つもためられる訳はないんだ。おれはこれで沢山だ。」

有本や霧積は何か眩《まぶ》しく光る絵巻か角帯らしいものをひろげて引っぱってしゃべってゐた。

おれはぷいと外へ出た。そしていきなり川ばたの白い四角な家に入った。知らない赤い女が髪もよく削らずに立ってゐた。そしていきなり

「お履物はこちらへまはしましたから。」と云っておれの革スリッパを変な裏口のやうな土間に投げ出した。おれは「ふん」と云ひながらそっちへ行った。それでも気分はよかった。片っ方のスリッパが裏返しになってゐた。その女が手を延ばして直す風をした。おれはこんな赤いすれっからしが本当にそれを直すかどうかと考へながら黙ってそれを見てゐた。女は本当にスリッパを直した。おれは外へ出た。

川が烈《はげ》しく鳴ってゐる。一月十五日の村の踊りの太鼓が向岸から強くひゞいて来る。強い透明な太鼓の音だ。

川はあんまり冷たく物凄《ものすご》かった。おれは少し上流にのぼって行った。そこの所で川はまるで白と水色とぼろぼろになって崩れ落ちてゐた。そして殊更空の光が白く冷たかった。

(おれは全体川をきらひだ。) おれはかなり高い声で云った。

ひどい洪水の後らしかった。もう水は澄んでゐた。それでも非常な水勢なのだ。波と波とが激しく拍《う》って青くぎらぎらした。

支流が北から落ちてゐた。おれはだまってその岸について溯《のぼ》った。

空がツンツンと光つてゐる。水はごうごうと鳴つてゐた。おれはかなしかつた。それから口笛を吹いた。口笛は向ふの方に行つてだんだん広く大きくなつてしまひには手もつけられないやうにひろがつた。

そして向ふに大きな島が見えた。それはいつかの洪水でできてからもう余程の年を経たらしく高さも百尺はあつた。栗《くり》や雑木が一杯にしげつてゐた。

おれはそつちへ行かうと思つた。

そしていつかもう島の上に立つてゐた。どうして川を渡つたらう、私は考へながらさびしくふり返つた。

たしかにそれは水が切れて小さなぴちやぴちやの瀬になつてゐたのだ。

おれは青白く光る空を見た。洪水がいつまた黒い壁のやうになつて襲つて来るかわからないと考へた。小さな子供のいきなりながされる模様を想像した。それから西の山脈を見た。それは碧《あを》くなめらかに光つてゐた。あんな明るいところで今雨の降つてゐるわけはない、おれは考へた。

そらにひろがる高い雑木の梢《こずゑ》を見た、あすこまで昇ればまづ大抵の洪水なら大丈夫だ、そのうちにきつと弟が助けに来る、けれどもどうして助けるのかなとおれは考へた。

いつか島が又もとの岸とくっついてゐた。その手前はうららかな孔雀石《くじやくいし》の馬蹄《ばてい》形の淵《ふち》になってゐた。おれは立ちどまった。そして又口笛を吹いた。そして雑木の幹に白いきのこを見た。まっしろなさるのこしかけを見た。

それから志木、大高と彫られた白い二列の文字を見た。

瘠《や》せてオーバアコートを着てわらぢを穿《は》いた男が青光りのさるとりいばらの中にまっすぐに立ってゐた。

「私は志木です。こゝの測量に着手したのは私であります。」帽子をとっていやに堅苦しくその男が云った。志木、志木とはてな、どこかで聞いたぞとおれは思った。

インドラの網

そのとき私は大へんひどく疲れてゐてたしか風と草穂《くさぼ》との底に倒れてゐたのだとおもひます。

その秋風の昏倒《こんたう》の中で私は私の錫《すず》いろの影法師にずゐぶん馬鹿《ばか》ていねいな別れの挨拶《あいさつ》をやってゐました。

そしてたゞひとり暗いこけももの敷物《カアペツト》を踏んでツェラ高原をあるいて行きました。

こけももには赤い実もついてゐたのです。

白いそらが高原の上いっぱいに張って高陵産《カオリン》の磁器よりもっと冷たく白いのでした。

稀薄《きはく》な空気がみんみん鳴ってゐましたがそれは多分は白磁器の雲の向ふをさびしく渡った日輪がもう高原の西を劃《かぎ》る黒い尖尖《とげとげ》の山稜の向ふに落ちて薄明が来たためにそんなに軋《きし》んでゐたのだらうとおもひます。

私は魚のやうにあへぎながら何べんもあたりを見まはしました。

たゞ一かけの鳥も居ず、どこにもやさしい獣《けだもの》のかすかなけはひさへなかったのです。

（私は全体何をたづねてこんな気圏の上の方、きんきん痛む空気の中をあるいてゐるのか。）

私はひとりで自分にたづねました。

こけももがいつかなくなって地面は乾いた灰いろの苔《こけ》で覆はれところどころには赤い苔の花もさいてゐました。けれどもそれはいよいよつめたい高原の悲痛を増すばかりでした。

そしていつか薄明は黄昏《たそがれ》に入りかはられ、苔の花も赤ぐろく見え西の山稜の上のそらばかりかすかに黄いろに濁りました。

そのとき私ははるかの向ふにまっ白な湖を見たのです。

（水ではないぞ、又曹達《ソーダ》や何かの結晶だぞ。いまのうちひどく悦《よろこ》んで欺《だま》されたとき力を落しちゃいかないぞ。）私は自分で自分に言ひました。

それでもやっぱり私は急ぎました。

湖はだんだん近く光って来ました。間もなく私はまっ白な石英の砂とその向ふに音なく湛《たた》へるほんたうの水とを見ました。

砂がきしきし鳴りました。私はそれを一つまみとって空の微光にしらべました。すきとほる複六方錐《ふくろくはうすゐ》の粒だったのです。

（石英安山岩か流紋岩から来た。）

私はつぶやくやうに又考へるやうにしながら水際に立ちました。

（こいつは過冷却の水だ。氷相当官なのだ。）私はも一度こゝろの中でつぶやきました。

全く私のてのひらは水の中で青じろく燐光《りんくわう》を出してゐました。

あたりが俄《にはか》にきいんとなり、

（風だよ、草の穂だよ。ごうごうごうごう。）こんな語《ことば》が私の頭の中で鳴りました。まっくらでした。まっくらで少しうす赤かったのです。

私は又眼を開きました。

いつの間にかすっかり夜になってそらはまるですきとほってゐました。素敵に灼《や》きをかけられてよく研かれた鋼鉄製の天の野原に銀河の水は音なく流れ、鋼玉の小砂利も光り岸の砂も一つぶづつ数へられたのです。

又その桔梗《ききやう》いろの冷たい天盤には金剛石の劈開片《へきかいへん》や青宝玉の尖《とが》った粒やあるいはまるでけむりの草のたねほどの黄水晶のかけらまでごく精巧のピンセットできちんとひろはれきれいにちりばめられそれはめいめい勝手に呼吸し勝手にぷりぷりふるへました。

私は又足もとの砂を見ましたらその砂粒の中にも黄いろや青や小さな火がちらちらまたゝいてゐるのでした。恐らくはそのツェラ高原の過冷却湖畔も天の銀河の一部と思はれました。

けれどもこの時は早くも高原の夜は明けるらしかったのです。

それは空気の中に何かしらそらぞらしい硝子《ガラス》の分子のやうなものが浮んで来たのでもわかりましたが第一東の九つの小さな青い星で囲まれたそらの泉水のやうなものが大へん光が弱くなりそこの空は早くも鋼青から天河石《てんがせき》の板に変ってゐたことから実にあきらかだったのです。

その冷たい桔梗色の底光りする空間を一人の天が翔《か》けてゐるのを私は見ました。

（たうとうまぎれ込んだ、人の世界のツェラ高原の空間から天の空間へふっとまぎれこんだのだ。）私は胸を躍《をど》らせながら斯《か》う思ひました。

天人はまっすぐに翔けてゐるのでした。

（一瞬百由旬《ゆじゆん》を飛んでゐるぞ。けれども見ろ、少しも動いてゐない。少しも動かずに移らずに変らずにたしかに一瞬百由旬づつ翔けてゐる。実にうまい。）私は斯うつぶやくやうに考へました。

天人の衣はけむりのやうにうすくその瓔珞《やうらく》は昧爽《まいさう》の天盤からかすかな光を受けました。（はゝあ、こゝは空気の稀薄《きはく》が殆《ほと》んど真空に均《ひと》しいのだ。だからあの繊細な衣のひだをちらっと乱す風もない。）私は又思ひました。

天人は紺いろの瞳《ひとみ》を大きく張ってまたゝき一つしませんでした。その唇《くちびる》は微《かす》かに哂《わら》ひまっすぐにまっすぐに翔けてゐました。けれども少しも動かず移らずまた変りませんでした。（こゝではあらゆる望みがみんな浄《きよ》められてゐる。願ひの数はみな寂《しづ》められてゐる。重力は互に打ち消され冷たいまるめろの匂《にほ》ひが浮動するばかりだ。だからあの天衣の紐《ひも》も波立たず又鉛直に垂れないのだ。）

けれどもそのとき空は天河石からあやしい葡萄瑪瑙《ぶだうめなう》の板に変りその天人の翔ける姿をもう私は見ませんでした。

（やっぱりツェラの高原だ。ほんの一時のまぎれ込みなどは結局あてにならないのだ。）斯う私は自分で自分に誨《をし》へるやうにしました。けれどもどうもをかしいことはあの天盤のつめたいまるめろに似たかをりがまだその辺に漂ってゐるのでした。そして私は又ちらっとさっきのあやしい天の世界の空間を夢のやうに感じたのです。

（こいつはやっぱりをかしいぞ。天の空間は私の感覚のすぐ隣りに居るらしい。みちをあるいて黄金《きん》いろの雲母《うんも》のかけらがだんだんたくさん出て来ればだんだん花崗岩《くわかうがん》に近づいたなと思ふのだ。ほんのまぐれあたりでもあんまり度々になるとたうとうそれがほんとになる。きっと私はもう一度この高原で天の世界を感ずることができる。）私はひとりで斯《か》う思ひながらそのまゝ立って居《を》りました。

そして空から瞳《ひとみ》を高原に転じました。全く砂はもうまっ白に見えてゐました。湖は緑青《ろくしやう》よりももっと古びその青さは私の心臓まで冷たくしました。

ふと私は私の前に三人の天の子供らを見ました。それはみな霜を織ったやうな羅《うすもの》をつけすきとほる沓《くつ》をはき私の前の水際に立ってしきりに東の空をのぞみ太陽の昇るのを待ってゐるやうでした。その東の空はもう白く燃えてゐました。私は天の子供らのひだのつけやうからそのガンダーラ系統なのを知りました。又そのたしかに于闐《コウタン》大寺の廃趾《はいし》から発掘された壁画の中の三人なことを知りました。私はしづかにそっちへ進み愕《おどろ》かさないやうにごく声低く挨《あい》拶《さつ》しました。

「お早う、于闐大寺の壁画の中の子供さんたち。」

三人一緒にこっちを向きました。その瓔珞《やうらく》のかゞやきと黒い厳《いか》めしい瞳。

私は進みながら又云ひました。

「お早う。于闐大寺の壁画の中の子供さんたち。」

「お前は誰《たれ》だい。」

右はじの子供がまっすぐに瞬《またたき》もなく私を見て訊《たづ》ねました。

「私は于闐大寺を沙《すな》の中から掘り出した青木晃といふものです。」

「何しに来たんだい。」少しの顔色もうごかさずじっと私の瞳を見ながらその子は又から云ひました。

「あなたたちと一緒にお日さまををがみたいと思ってです。」

「さうですか。もうぢきです。」三人は向ふを向きました。瓔珞は黄や橙《だいだい》や緑の針のやうなみじかい光を射、羅《うすもの》は虹《にじ》のやうにひるがへりました。

そして早くもその燃え立った白金のそら、湖の向ふの鶯《うぐひす》いろの原のはてから熔《と》けたやうなもの、なまめかしいもの、古びた黄金《きん》、反射炉の中の朱、一きれの光るものが現はれました。

天の子供らはまっすぐに立ってそっちへ合掌しました。

それは太陽でした。厳かにそのあやしい円い熔けたやうなからだをゆすり間もなく正しく空に昇った天の世界の太陽でした。光は針や束になってそゝぎそこらいちめんかちかち鳴りました。

天の子供らは夢中になってはねあがりまっ青な寂静印《じやくじやういん》の湖の岸、硅砂《けいしや》の上をかけまはりました。そしていきなり私にぶっつかりびっくりして飛びのきながら一人が空を指して叫びました。

「ごらん、そら、インドラの網を。」

私は空を見ました。いまはすっかり青ぞらに変ったその天頂から四方の青白い天末までいちめんはられたインドラのスペクトル製の網、その繊維は蜘蛛《くも》のより細く、その組織は菌糸より緻密《ちみつ》に、透明清澄で黄金で又青く幾億互に交錯し光って顫《ふる》へて燃えました。

「ごらん、そら、風の太鼓。」も一人がぶっつかってあわてて遁《に》げながら斯《か》う云ひました。ほんたうに空のところどころマイナスの太陽ともいふやうに暗く藍《あゐ》や黄金《きん》や緑や灰いろに光り空から陥《お》ちこんだやうになり誰《たれ》も敲《たた》かないのにちからいっぱい鳴ってゐる、百千のその天の太鼓は鳴ってゐながらそれで少しも鳴ってゐなかったのです。私はそれをあんまり永く見て眼も眩《くら》くなりよろよろしました。

「ごらん、蒼孔雀《あをくじやく》を。」さっきの右はじの子供が私と行きすぎるときしづかに斯う云ひました。まことに空のインドラの網のむかふ、数しらず鳴りわたる天鼓のかなたに空一ぱいの不思議な大きな蒼い孔雀が宝石製の尾ばねをひろげかすかにクウクウ鳴きました。その孔雀はたしかに空には居りました。けれども少しも見えなかったのです。たしかに鳴いて居りました。けれども少しも聞えなかったのです。

そして私は本当にもうその三人の天の子供らを見ませんでした。

却《かへ》って私は草穂《くきぼ》と風の中に白く倒れてゐる私のかたちをぼんやり思ひ出しました。

報告

さつき火事だとさわぎましたのは虹でございました
もう一時間もつづいてりんと張つて居ります

（一九二二、六、一五）

Ⅳ　物怪の章

月夜のでんしんばしら

ある晩、恭一はざうりをはいて、すたすた鉄道線路の横の平らなところをあるいて居《を》りました。

たしかにこれは罰金です。おまけにもし汽車がきて、窓から長い棒などが出てゐたら、一ぺんになぐり殺されてしまつたでせう。

ところがその晩は、線路見まはりの工夫もこず、窓から棒の出た汽車にもあひませんでした。そのかはり、どうもじつに変てこなものを見たのです。

九日の月がそらにかゝつてゐました。そしてうろこ雲が空いつぱいでした。うろこぐもはみんな、もう月のひかりがはらわたの底までもしみとほつてよろよろするといふふうでした。その雲のすきまからときどき冷たい星がぴつかりぴつかり顔をだしました。

恭一はすたすたあるいて、もう向ふに停車場《ていしゃば》のあかりがきれいに見えるとこまできました。ぽつんとしたまつ赤なあかりや、硫黄《いわう》のほのほのやうにぼうとした紫いろのあかりやらで、眼をほそくしてみると、まるで大きなお城があるやうにおもはれるのでした。

とつぜん、右手のシグナルばしらが、がたんとからだをゆすぶつて、上の白い横木を斜めに下の方へぶらさげました。これはべつだん不思議でもなんでもありません。

つまりシグナルがさがつたといふだけのことです。一晩に十四回《じふし》もあることなのです。

ところがそのつぎが大へんです。

さつきから線路の左がはで、ぐわあん、ぐわあんとうなつてゐたでんしんばしらの列が大威張りで一ぺんに北のはうへ歩きだしました。みんな六《む》つの瀬戸もののエボレツトを飾り、てつぺんにはりがねの槍《やり》をつけた亜鉛《とたん》のしやつぽをかぶつて、片脚でひよいひよいやつて行くのです。そしていかにも恭一をばかにしたやうに、じろじろ横めでみて通りすぎます。

うなりもだんだん高くなつて、いまはいかにも昔ふうの立派な軍歌に変つてしまひました。

「ドツテテドツテテ、ドツテテド、

でんしんばしらのぐんたいは
はやさせかいにたぐひなし
ドッテテドッテテ、ドッテテド
でんしんばしらのぐんたいは
きりつせかいにならびなし。」

一本のでんしんばしらが、ことに肩をそびやかして、まるでうで木もがりがり鳴るくらゐにして通りました。

みると向ふの方を、六本うで木の二十二の瀬戸もののエボレットをつけたでんしんばしらの列が、やはりいつしよに軍歌をうたつて進んで行きます。

「ドッテテドッテテ、ドッテテド
二本うで木の工兵隊
六本うで木の竜騎兵
ドッテテドッテテ、ドッテテド
いちれつ一万五千人
はりがねかたくむすびたり」

どういふわけか、二本のはしらがうで木を組んで、びつこを引いていつしよにやつてきました。そしていかにもつかれたやうにふらふら頭をふつて、それから口をまげてふうと息を吐《つ》き、よろよろ倒れさうになりました。

するとすぐうしろから来た元気のいゝはしらがどなりました。

「おい、はやくあるけ。はりがねがたるむぢやないか。」

ふたりはいかにも辛《つら》さうに、いつしよにこたへました。

「もうつかれてあるけない。あしさきが腐り出したんだ。長靴のタールもなにももうめちやくちやになつてるんだ。」

うしろのはしらはもどかしさうに叫びました。

「はやくあるけ、あるけ。きさまらのうち、どつちかが参つても一万五千人みんな責任があるんだぞ。あるけつたら。」

二人はしかたなくよろよろあるきだし、つぎからつぎとはしらがどんどんやつて来ます。

「ドツテテドツテテ、ドツテテド

やりをかざれるとたん帽

すねははしらのごとくなり。

ドツテテドツテテ、ドツテテド
　肩にかけたるエボレツト
　重きつとめをしめすなり。」

二人の影ももうずうつと遠くの緑青《ろくしやう》いろの林の方へ行つてしまひ、月がうろこ雲からぱつと出て、あたりはにはかに明るくなりました。

でんしんばしらはもうみんな、非常なご機嫌です。恭一の前に来ると、わざと肩をそびやかしたり、横めでわらつたりして過ぎるのでした。

ところが愕《おど》ろいたことは、六本うで木のまた向ふに、三本うで木のまつ赤なエボレツトをつけた兵隊があるいてゐることです。その軍歌はどうも、ふしも歌もこつちの方とちがふやうでしたが、こつちの声があまり高いために、何をうたつてゐるのか聞きとることができませんでした。こつちはあひかはらずどんどんやつて行きます。

「ドツテテドツテテ、ドツテテド、
　寒さはだへをつんざくも
　などて腕木をおろすべき
　ドツテテドツテテ、ドツテテド

暑さ硫黄《いわう》をとかすとも
いかでおとさんエボレット。」

どんどんどんどんやつて行き、恭一は見てゐるのさへ少しつかれてぼんやりなりました。

でんしんばしらは、まるで川の水のやうに、次から次とやつて来ます。みんな恭一のことを見て行くのですけれども、恭一はもう頭が痛くなつてだまつて下を見てゐました。

俄《には》かに遠くから軍歌の声にまじつて、

「お一二、お一二、」といふしはがれた声がきこえてきました。恭一はびつくりしてまた顔をあげてみますと、列のよこをせいの低い顔の黄いろなぢいさんがまるでぼろぼろの鼠《ねずみ》いろの外套《ぐわいたう》を着て、でんしんばしらの列を見まはしながら
「お一二、お一二、」と号令をかけてやつてくるのでした。

ぢいさんに見られた柱は、まるで木のやうに堅くなつて、足をしやちほこばらせて、わきめもふらず進んで行き、その変なぢいさんは、もう恭一のすぐ前までやつてきました。そしてよこめでしばらく恭一を見てから、でんしんばしらの方へ向いて、

「なみ足い。おいつ。」と号令をかけました。

そこででんしんばしらは少し歩調を崩して、やつぱり軍歌を歌つて行きました。

「ドツテテドツテテ、ドツテテド、
　右とひだりのサアベルは
　たぐひもあらぬ細身なり。」

ぢいさんは恭一の前にとまつて、からだをすこしかゞめました。

「今晩は、おまへはさつきから行軍を見てゐたのかい。」

「えゝ、見てました。」

「さうか、ぢや仕方ない。ともだちにならう、さあ、握手しよう。」

ぢいさんはぼろぼろの外套《ぐわいたう》の袖《そで》をはらつて、大きな黄いろな手をだしました。恭一もしかたなく手を出しました。ぢいさんが「やつ、」と云《い》つてその手をつかみました。

するとぢいさんの眼だまから、虎《とら》のやうに青い火花がぱちぱちつとでたとおもふと、恭一はからだがびりりつとしてあぶなくうしろへ倒れさうになりました。

「ははあ、だいぶひびいたね、これでごく弱いはうだよ。わしとも少し強く握手すればまあ黒焦げだね。」

兵隊はやはりずんずん歩いて行きます。

「ドツテテドツテテ、ドツテテド、

タールを塗れるなが靴の
歩はばは三百六十尺。」

恭一はすつかりこはくなつて、歯がちがち鳴りました。ぢいさんはしばらく月や雲の工《ぐ》合《あひ》をながめてゐましたが、あまり恭一が青くなつてがたがたふるへてゐるのを見て、気の毒になつたらしく、少ししづかに斯《か》う云ひました。

「おれは電気総長だよ。」

恭一も少し安心して
「電気総長といふのは、やはり電気の一種ですか。」とき丶ました。するとぢいさんはまたむつとしてしまひました。

「わからん子供だな。ただの電気ではないさ。つまり、電気のすべての長、長といふのはかしらとよむ。とりもなほさず電気の大将といふことだ。」

「大将ならずゐぶんおもしろいでせう。」恭一がぼんやりたづねますと、ぢいさんは顔をまるでめちやくちやにしてよろこびました。

「はつはつは、面白いさ。それ、その工兵も、その竜騎兵も、向ふのてき弾兵も、みんなおれの兵隊だからな。」

ぢいさんはぷつとすまして、片つ方の頬《ほほ》をふくらせてそらを仰ぎました。それからちやうど前を通つて行く一本のでんしんばしらに、

「こらこら、なぜわき見をするか。」とどなりました。するとそのはしらはまるで飛びあがるぐらゐびつくりして、足がぐにやんとまがりあわててまつすぐを向いてあるいて行きました。次から次とどしどしはしらはやつて来ます。

「有名なはなしをおまへは知つてるだらう。そら、むすこが、エングランド、ロンドンにゐて、おやぢがスコットランド、カルクシヤイヤにゐた。むすこがおやぢに電報をかけた、おれはちやんと手帳へ書いておいたがね、」

ぢいさんは手帳を出して、それから大きなめがねを出してもつともらしく掛けてから、また云ひました。

「おまへは英語はわかるかい、ね、センド、マイブーツ、インスタンテウリイすぐ長靴送れとかうだらう、するとカルクシヤイヤのおやぢめ、あわてくさつておれのでんしんのはりがねに長靴をぶらさげたよ。はつはつは、いや迷惑したよ。それから英国ばかりぢやない、十二月ころ兵営へ行つてみると、おい、あかりをけしてこいと上等兵殿に云はれて新兵が電燈をふつふつと吹いて消さうとしてゐるのが毎年五人や六人はある。おれの兵隊にはそんなも

のは一人もないからな。おまへの町だつてさうだ、はじめて電燈がついたころはみんながよく、電気会社では月に百石ぐらゐ油をつかふだらうかなんて云つたもんだ。はつはつは、どうだ、もつともそれはおれのやうに勢力不滅の法則や熱力学第二則がわかるとあんまりをかしくもないがね、どうだ、ぼくの軍隊は規律がいゝだらう。軍歌にもちやんとさう云つてあるんだ。」

でんしんばしらは、みんなまつすぐを向いて、すまし込んで通り過ぎながら一きは声をはりあげて、

「ドツテテドツテテ、ドツテテド
でんしんばしらのぐんたいの
その名せかいにとゞろけり。」

と叫びました。

そのとき、線路の遠くに、小さな赤い二つの火が見えました。するとぢいさんはまるであわててしまひました。

「あ、いかん、汽車がきた。誰《たれ》かに見附かつたら大へんだ。もう進軍をやめなくちやいかん。」

ぢいさんは片手を高くあげて、でんしんばしらの列の方を向いて叫びました。

「全軍、かたまれい、おいつ。」

でんしんばしらはみんな、ぴつたりとまつて、すつかりふだんのとほりになりました。軍歌はただのぐわあんぐわあんといふうなりに変つてしまひました。

汽車がごうとやつてきました。汽缶車《きくわんしや》の石炭はまつ赤に燃えて、そのまへで火夫は足をふんばつて、まつ黒に立つてゐました。

ところが客車の窓がみんなまつくらでした。するとぢいさんがいきなり、

「おや、電燈が消えてるな。こいつはしまつた。けしからん。」と云ひながらまるで兎《うさぎ》のやうにせ中をまんまるにして走つてゐる列車の下へもぐり込みました。

「あぶない。」と恭一がとめようとしたとき、客車の窓がぱつと明るくなつて、一人の小さな子が手をあげて

「あかるくなつた、わあい。」と叫んで行きました。

でんしんばしらはしづかにうなり、シグナルはがたりとあがつて、月はまたうろこ雲のなかにはひりました。

そして汽車は、もう停車場へ着いたやうでした。

ざしき童子《ぼっこ》のはなし

ぼくらの方の、ざしき童子《ぼっこ》のはなしです。

あかるいひるま、みんなが山へはたらきに出て、こどもがふたり、庭であそんで居《を》りました。大きな家にたれも居ませんでしたから、そこらはしんとしてゐます。

ところが家の、どこかのざしきで、ざわつざわつと箒《はうき》の音がしたのです。

ふたりのこどもは、おたがひ肩にしつかりと手を組みあつて、こつそり行つてみましたが、どのざしきにもたれも居ず、刀の箱もひつそりとして、かきねの檜《ひのき》が、いよいよ青く見えるきり、たれもどこにも居ませんでした。

ざわつざわつと箒の音がきこえます。

とほくの百舌《もず》の声なのか、北上川の瀬の音か、どこかで豆を箕《み》にかけるのか、ふたりでいろいろ考へながら、だまつて聴いてみましたが、やつぱりどれでもないやうでした。

たしかにどこかで、ざわつざわつと箒の音がきこえたのです。

も一どこつそり、ざしきをのぞいてみましたが、どのざしきにもたれも居ず、たゞお日さまの光ばかり、そこらいちめん、あかるく降つて居りました。

こんなのがざしき童子です。


「大道めぐり、大道めぐり」

一生けん命、かう叫びながら、ちやうど十人の子供らが、両手をつないで円くなり、ぐるぐるぐるぐる、座敷のなかをまはつてゐました。どの子もみんな、そのうちのお振舞によばれて来たのです。

ぐるぐるぐるぐる、まはつてあそんで居りました。

そしたらいつか、十一人になりました。

ひとりも知らない顔がなく、ひとりもおんなじ顔がなく、それでもやつぱり、どう数へても十一人だけ居りました。その増えた一人がざしきぼつこなのだぞと、大人が出てきて云ひました。

けれどもたれが増えたのか、とにかくみんな、自分だけは、何だつてざしきぼつこだないと、一生けん命眼を張つて、きちんと座つて居りました。

こんなのがざしきぼつこです。

それからまたかういふのです。

ある大きな本家では、いつも旧の八月のはじめに、如来さまのおまつりで分家の子供らをよぶのでしたが、ある年その中の一人の子が、はしかにかかつてやすんでゐました。

「如来さんの祭へ行くたい。如来さんの祭へ行くたい」と、その子は寝てゐて、毎日毎日云《い》ひました。

「祭延ばすから早くよくなれ」本家のおばあさんが見舞に行つて、その子の頭をなでて云ひました。

その子は九月によくなりました。

そこでみんなはよばれました。ところがほかの子供らは、いままで祭を延ばされたり、鉛の兎《うさぎ》を見舞にとられたりしたので、何ともおもしろくなくてたまりませんでした。あいつのためにめにあつた。もう今日は来ても、何たつてあそばないて、と約束しました。

「おゝ、来たぞ、来たぞ」みんながざしきであそんでゐたとき、にはかに一人が叫びました。

「ようし、かくれろ」みんなは次の、小さなざしきへかけ込みました。

そしたらどうです、そのざしきのまん中に、今やつと来たばかりの筈《はず》の、あのはしかをやんだ子が、まるつきり瘠《や》せて青ざめて、泣き出しさうな顔をして、新らしい熊《くま》のおもちやを持つて、きちんと座つてゐたのです。

「ざしきぼつこだ」一人が叫んで遁《に》げだしました。みんなもわあつと遁げました。ざしきぼつこは泣きました。

こんなのがざしきぼつこです。

また、北上川の朗明寺の淵《ふち》の渡し守が、ある日わたしに云ひました。

「旧暦八月十七日の晩に、おらは酒のんで早く寝た。おおい、おおいと向ふで呼んだ。起きて小屋から出てみたら、お月さまはちやうどおそらのてつぺんだ。おらは急いで舟だして、向ふの岸に行つてみたらば、紋付を着て刀をさし、袴《はかま》をはいたきれいな子供だ。たつた一人で、白緒のざうりもはいてゐた。渡るかと云つたら、たのむと云つた。子どもは乗つた。舟がまん中ごろに来たとき、おらは見ないふりしてよく子供を見た。きちんと膝《ひざ》に手を置いて、そらを見ながら座つてゐた。

お前さん今からどこへ行く、どこから来たつてきいたらば、子供はかあいい声で答へた。そこの笹田《ささだ》のうちに、ずゐぶんながく居たけれど、もうあきたから外《ほか》へ行くよ。なぜあきたねつてきいたらば、子供はだまつてわらつてゐた。どこへ行くねつてまたきいたらば更木《さらき》の斎藤《さいとう》へ行くよと云つた。岸に着いたら子供はもう居ず、おらは小屋の入口にこしかけてゐた。夢だかなんだかわからない。けれどもきつと本当だ。それから笹田がおちぶれて、更木の斎藤では病気もすつかり直つたし、むすこも大学を終つたし、めきめき立派になつたから」

こんなのがざしき童子《ぼっこ》です。

とっこべとら子

おとら狐《ぎつね》のはなしは、どなたもよくご存じでせう。おとら狐にも、いろいろあったのでせうか、私の知ってゐるのは、「とっこべ、とら子。」といふのです。

「とっこべ」といふのは名字でせうか。「とら」といふのは名前ですかね。さうすると、名字がさまざまで、名前がみんな「とら」と云《い》ふ狐が、あちこちに住んで居たのでせうか。

さて、むかし、とっこべとら子は大きな川の岸に住んでゐて、夜、網打ちに行った人から魚を盗《と》ったり、買物をして町から遅く帰る人から油揚げを取りかへしたり、実に始末に終へないものだったさうです。

慾《よく》ふかのぢいさんが、ある晩ひどく酔っぱらって、町から帰って来る途中、その川岸を通りますと、ピカピカした金らんの上下《かみしも》の立派なさむらひに会ひました。ぢいさんは、ていねいにおじぎをして行き過ぎようとしましたら、さむらひがピタリととまって、一寸《ちよつと》そらを見上げて、それからあごを引いて、六平を呼び留めました。秋の十五夜でした。

「あいや、しばらく待て。そちは何と申す。」

「へいへい。私は六平と申します。」

「六平とな。そちは金貸しを業《わざ》と致し居《を》るな。」

「へいへい。御意《ぎよい》の通りでございます。手元の金子《きんす》は、すべて、只今《ただいま》ご用立致して居ります。」

「いやいや、拙者が借りようと申すのではない。どうぢゃ。金貸しは面白からう。」

「へい、御冗談、へいへい。御意の通りで。」

「拙者に少しく不用の金子がある。それに遠国に参る所ぢゃ。預かって置いて貰《もら》へまいか。尤《もつと》も拙者も数々敵を持つ身ぢゃ。万一途中相果てたなれば、金子はそのまゝそちに遣《つか》はす。どうぢゃ。」

「へい。それはきっとお預かりいたしまするでございます。」

「左様か。あいや、金子はこれにぢゃ。そち自ら蓋《ふた》を開いて一応改め呉《く》れい。エイヤ。はい。ヤッ。」さむらひはふところから白いたすきを取り出して、たちまち十字にたすきをかけ、ごわりと袴《はかま》のもゝ立ちを取り、とんとんとんと土手の方へ走りましたが、一寸《ちよつと》かゞんで土手のかげから、千両ばこを一つ持って参りました。

ははあ、こいつはきっと泥棒だ、さうでなければにせ金使ひ、しかし何でもかまはない、万一途中相果てたなれば、金はごろりとこっちのものと、六平はひとりで考へて、それからほくほくするのを無理にかくして申しました。

「へい。へい。よろしうござります。御意の通り一応お改めいたしますでござります。」

蓋を開くと中に小判が一ぱいつまり、月にぎらぎらかゞやきました。

ハイ、ヤッとさむらひは千両函《ばこ》を又一つ持って参りました。六平は尤《もつとも》らしく又あらためました。これも小判が一ぱいで月にぎらぎらです。ハイ、ヤッ、ハイヤッ、ハイヤッ。千両ばこはみなで十ほどそこに積まれました。

「どうぢゃ。これ丈《だ》けをそち一人で持ち参れるかの。尤もそちの持てるだけ預けることといたさうぞよ。」

どうもさむらひのことばが少し変でしたし、そしてたしかに変ですが、まあ六平にはそんなことはどうでもよかったのです。

「へい。へい。何の千両ばこの十やそこばこ、きっときっと持ち参るでござりませう。」

「うむ。左様か。しからば。いざ。いざ、持ち参れい。」

「へいへい。ウントコショ、ウントコショ、ウウントコショ。ウウウントコショ。」

「豪儀ぢゃ、豪儀ぢゃ、そちは左程《さほど》になけれども、そちの身に添ふ慾心《げ》が実に大力ぢゃ。大力ぢゃなう。ほめ遣はす。ほめ遣はす。さらばしかと預けたぞよ。」

さむらひは銀扇をパッと開いて感服しましたが、六平は余りの重さに返事も何も出来ませんでした。

さむらひは扇をかざして月に向って、

「それ一芸あるものはすがたみにくし、」と何だか謡曲のやうな変なものを低くうなりながら向ふへ歩いて行きました。

六平は十の千両ばこをよろよろしょって、もうお月さまが照ってるやら、路《みち》がどう曲ってどう上ってるやら、まるで夢中で自分の家までやってまゐりました。そして荷物をどっかり庭におろして、をかしな声で外から怒鳴りました。

「開けろ開けろ。お帰りだ。大尽さまのお帰りだ。」

六平の娘が戸をガタッと開けて、

「あれまあ、父さん。そったに砂利しょて何したただす。」と叫びました。

六平もおどろいておろしたばかりの荷物を見ましたら、おやおや、それはどての普請の十の砂利俵でした。

六平はクウ、クウ、クウと鳴って、白い泡をはいて気絶しました。それからもうひどい熱病になって、二ヶ月の間といふもの、

「とっこべとら子に、だまされだ。あゝ欺《だま》されだ。」と叫んでゐました。

みなさん。こんな話は一体ほんたうでせうか。どうせ昔のことですから誰《たれ》もよくわかりません《うそ》が多分偽《うそ》ではないでせうか。

どうしてって、私はその偽の方の話をも一つちゃんと知ってるんです。それはあんまりちかごろ起ったことでもうそれがうそなことは疑もなにもありません。実はゆふべ起ったことなのです。

さあ、ご覧なさい。やはりあの大きな川の岸で、狐《きつね》の住んでゐた処《ところ》から半町ばかり離れた所に平右衛門と云ふ人の家があります。

平右衛門は今年の春村会議員になりました。それですから今夜はそのお祝ひで親類はみな

呼ばれました。

もうみんな大よろこび、ワッハハ、アッハハ、よう、おらをとゝひ町さ行ったら魚屋の店で章魚《たこ》といかとが立ちあがって喧嘩《けんくわ》した、ワッハハ、アッハハ、それはほんとか、それがらどうした、うん、かつをぶしが仲裁に入った、ワッハハ、アッハハ、それからどうした、ウン、するとかつをぶしがウウゥイ、ころは元禄《げんろく》十四年んん、おいおい、それは何だい、うん、なにさ、かつをぶしだもふしばがり、ワッハハアッハハ、まあのめ、さあ一杯、なんて大さわぎでした。ところがその中に一人一向笑はない男がありました。それは小吉《こきち》といふ青い小さな意地悪の百姓でした。

小吉はさっきから怒ってばかり居たのです。（第一おら、下座《しもざ》だちう筈《はず》ぁあんまい、ふん、お椀《わん》のふぢぁ欠げでる、油煙はばやばや、さがなの眼玉は白くてぎろぎろ、誰《だ》っても盃《さかづき》よごさないえい糞《くそ》面白ぐもなぃ。）たうとう小吉がぷっと座を立ちました。

平右衛門が
「待て、待て、小吉。もう一杯やれ、待てったら。」と云ってゐましたが小吉はぷいっと下《げ》駄《た》をはいて表に出てしまひました。

空がよく晴れて十三日の月がその天辺《てっぺん》にかかりました。小吉が門を出ようとしてふと足もとを見ますと門の横の田の畔《くろ》に疫病除《やくびやうよ》けの「源の大将」が立って居ました。

それは竹へ半紙を一枚はりつけて大きな顔を書いたものです。

その「源の大将」が青い月のあかりの中でこと更顔を横にまげ眼を瞋《いか》らせて小吉をにらんだやうに見えました。小吉も怒ってすぐそれを引っこ抜いて田の中に投げてしまはうとしましたが俄《には》かに何を考へたのかにやりと笑ってそれを路のまん中に立て直しました。

そして又ひとりでぷんぷんぷんぷん云ひながら二つの低い丘を越えて自分の家に帰り、おみやげを待ってゐた子供を叱《しか》りつけてだまって床にもぐり込んでしまひました。

丁度その頃《ころ》平右衛門の家ではもう酒盛りが済みましたので、お客様はみんなご馳走《ちそう》の残りを藁《わら》のつとに入れて、ぶらりぶらりと提げながら、三人づつぶっつかったり、四人づつぶっつかり合ったりして、門の処迄《ところまで》出て参りました。

縁側に出てそれを見送った平右衛門は、みんなにわかれの挨拶《あいさつ》をしました。

「それではお気をつけて。おみやげをとっこべとらこに取られないやうにアッハッハッハッハ。」

お客さまの中の一人がだらりと振り向いて返事しました。

「ハッハッハ。とっこべとらこだらおれの方で取って食ってやるべ。」

その語《ことば》がまだ終らないうちに、神出鬼没のとっこべとらこが、門の向ふの道のまん中にまっ白な毛をさか立てて、こっちをにらんで立ちました。

「わあ、出た出た。逃げろ。逃げろ。」

もう大へんなさわぎです。みんな泥足でヘタヘタ座敷へ逃げ込みました。

平右衛門は手早くなげしから薙刀《なぎなた》をおろし、さやを払ひ物凄《ものすご》い抜身をふり廻しましたので一人のお客さまはあぶなく赤いはなを切られようとしました。

平右衛門はひらりと縁側から飛び下りて、はだしで門前の白狐《びやくこ》に向って進みます。みんなもこれに力を得てかさかさしたときの声をあげて景気をつけ、ぞろぞろ随《つ》いて行きました。

さて平右衛門もあまりと云へばありありとしたその白狐の姿を見ては怖さが咽喉《のど》までこみあげましたが、みんなの手前もありますので、やっと一声切り込んで行きました。

たしかに手ごたへがあって、白いものは薙刀《なぎなた》の下で、プルプル動いてゐます。

「仕留めたぞ。仕留めたぞ。みんな来い。」と平右衛門は叫びました。

「さすがは畜生の悲しさ、もろいもんだ。」とみんなは悦《よろこ》び勇んで狐《きつね》の死骸《しがい》を囲みました。

ところがどうです。今度はみんなは却《かへ》ってぎっくりしてしまひました。さうでせう。

その古い狐は、もう身代りに疫病《やくびやう》よけの「源の大将」などを置いて、どこかへ逃げてゐるのです。

　みんなは口口に云ひました。

「やっぱり古い狐だな。まるで眼玉は火のやうだったぞ。」

「おまけに毛といったら銀の針だ。」

「全く争はれないもんだ。口が耳まで裂けてゐたからな。祟《たた》られまぃが。」

「心配するな。あしたはみんなで川岸に油揚を持って行って置いて来るとしよう。」

　みんなは帰る元気もなくなって、平右衛門の所に泊りました。

「源の大将」はお顔を半分切られて月光にキリキリ歯を喰ひしばってゐるやうに見えました。

　夜中になってから「とっこべ、とら子」とその沢山の可愛らしい部下とが又出て来て、庭に抛《はふ》り出されたあのおみやげの藁《わら》の苞《つと》を、かさかさ引いた、たしかにその音がしたとみんながさっきも話してゐました。

水仙月《すゐせんづき》の四日

雪婆《ゆきば》んごは、遠くへ出かけて居《を》りました。

猫《ねこ》のやうな耳をもち、ぼやぼやした灰いろの髪をした雪婆んごは、西の山脈の、ちぢれたぎらぎらの雲を越えて、遠くへでかけてゐたのです。

ひとりの子供が、赤い毛布《けつと》にくるまつて、しきりにカリメラのことを考へながら、大きな象の頭のかたちをした、雪丘の裾《すそ》を、せかせかうちの方へ急いで居りました。

（そら、新聞紙《しんぶんがみ》を尖《とが》つたかたちに巻いて、ふうふうと吹くと、炭からまるで青火が燃える。ぼくはカリメラ鍋《なべ》に赤砂糖を一つまみ入れて、それからザラメを一つまみ入れる。水をたして、あとはくつくつくつと煮るんだ。）ほんたうにもう一生けん命、こどもはカリメラのことを考へながらうちの方へ急いでゐました。

お日さまは、空のずうつと遠くのすきとほつたつめたいとこで、まばゆい白い火を、どしどしお焚《た》きなさいます。

その光はまつすぐに四方に発射し、下の方に落ちて来ては、ひつそりした台地の雪を、いちめんまばゆい雪花石膏《せつくわせきかう》の板にしました。

二疋《ひき》の雪狼《ゆきおいの》が、べろべろまつ赤な舌を吐きながら、象の頭のかたちをした、雪丘の上の方をあるいてゐました。こいつらは人の眼には見えないのですが、一ぺん風に狂ひ出すと、台地のはづれの雪の上から、すぐぼやぼやの雪雲をふんで、空をかけまはりもするのです。

「しゆ、あんまり行つていけないつたら。」雪狼のうしろから白熊《しろくま》の毛皮の三角帽子をあみだにかぶり、顔を苹果《りんご》のやうにかがやかしながら、雪童子《ゆきわらす》がゆつくり歩いて来ました。

雪狼どもは頭をふつてくるりとまはり、またまつ赤な舌を吐いて走りました。

「カシオピイア、

もう水仙《すゐせん》が咲き出すぞ

おまへのガラスの水車《みづぐるま》

きつきとまはせ。」

雪童子《ゆきわらす》はまつ青なそらを見あげて見えない星に叫びました。その空からは青びかりが波になつてわくわくと降り、雪狼どもは、ずうつと遠くで焰《ほのほ》のやうに赤い舌をべろべろ吐いてゐます。

「しゆ、戻れつたら、しゆ、」雪童子がはねあがるやうにして叱《しか》りましたら、いままで雪にくつきり落ちてゐた雪童子の影法師は、ぎらつと白いひかりに変り、狼どもは耳をたてて一さんに戻つてきました。

「アンドロメダ、
あぜみの花がもう咲くぞ、
おまへのラムプのアルコホル、
しゆうしゆと噴かせ。」

雪童子は、風のやうに象の形の丘にのぼりました。雪には風で介殻《かひがら》のやうなかたがつき、その頂には、一本の大きな栗《くり》の木が、美しい黄金《きん》いろのやどりぎのまりをつけて立つてゐました。

「とつといで。」雪童子が丘をのぼりながら云《い》ひますと、一疋の雪狼《ゆきおいの》は、主人の小さな歯のちらつと光るのを見るや、ごむまりのやうにいきなり木にはねあがつて、その赤い実のついた小さな枝を、がちがち噛《か》じりました。木の上でしきりに頸《くび》をまげてゐる雪狼の影法師は、大きく長く丘の雪に落ち、枝はたうとう青い皮と、黄いろの心《しん》とをちぎられて、いまのぼつてきたばかりの雪童子の足もとに落ちました。

「ありがたう。」雪童子はそれをひろひながら、白と藍《あゐ》いろの野はらにたつてゐる、美しい町をはるかにながめました。川がきらきら光つて、停車場からは白い煙もあがつてゐました。雪童子は眼を丘のふもとに落しました。その山裾《やますそ》の細い雪みちを、さつきの赤毛布《あかけつと》を着た子供が、一しんに山のうちの方へ急いでゐるのでした。

「あいつは昨日、木炭《すみ》のそりを押して行つた。砂糖を買つて、じぶんだけ帰つてきたな。」雪童子はわらひながら、手にもつてゐたやどりぎの枝を、ぷいつとこどもになげつけました。枝はまるで弾丸《たま》のやうにまつすぐに飛んで行つて、たしかに子供の目の前に落ちました。

子供はびつくりして枝をひろつて、きよろきよろあちこちを見まはしてゐます。雪童子はわらつて革むちを一つひゆうと鳴らしました。

すると、雲もなく研《みが》きあげられたやうな群青《ぐんじやう》の空から、まつ白な雪が、さぎの毛のやうに、いちめんに落ちてきました。それは下の平原の雪や、ビール色の日光、茶いろのひのきでできあがつた、しづかな奇麗な日曜日を、一そう美しくしたのです。

子どもは、やどりぎの枝をもつて、一生けん命にあるきだしました。

けれども、その立派な雪が落ち切つてしまつたころから、お日さまはなんだか空の遠くの方へお移りになつて、そこのお旅屋で、あのまばゆい白い火を、あたらしくお焚《た》きなされてゐるやうでした。

そして西北《にしきた》の方からは、少し風が吹いてきました。

もうよほど、そらも冷たくなつてきたのです。東の遠くの海の方では、空の仕掛けを外したやうな、ちひさなカタツといふ音が聞え、いつかまつしろな鏡に変つてしまつたお日さまの面《めん》を、なにかちひさなものがどんどんよこ切つて行くやうです。

雪童子《ゆきわらす》は革むちをわきの下にはさみ、堅く腕を組み、唇《くちびる》を結んで、その風の吹いて来る方をじつと見てゐました。狼《おいの》どもも、まつすぐに首をのばして、しきりにそつちを望みました。

風はだんだん強くなり、足もとの雪は、さらさらさらさらうしろへ流れ、間もなく向ふの山脈の頂に、ぱつと白いけむりのやうなものが立つたとおもふと、もう西の方は、すつかり灰いろに暗くなりました。

雪童子の眼は、鋭く燃えるやうに光りました。そらはすつかり白くなり、風はまるで引き裂くやう、早くも乾いたこまかな雪がやつて来ました。そこらはまるで灰いろの雪でいつぱいです。雪だか雲だかもわからないのです。

丘の稜《かど》は、もうあつちもこつちも、みんな一度に、軋《きし》るやうに切るやうに鳴り出しました。地平線も町も、みんな暗い烟《けむり》の向ふになつてしまひ、雪童子の白い影ばかり、ぼんやりまつすぐに立つてゐます。

その裂くやうな吼《ほ》えるやうな風の音の中から、

「ひゆう、なにをぐづぐづしてゐるの。さあ降らすんだよ。降らすんだよ。ひゆうひゆうひゆう、ひゆひゆう、降らすんだよ、飛ばすんだよ、なにをぐづぐづしてゐるの。こんなに急がしいのにさ。ひゆう、ひゆう、向ふからさへわざと三人連れてきたぢやないか。さあ、降らすんだよ。ひゆう。」あやしい声がきこえてきました。

雪童子はまるで電気にかかつたやうに飛びたちました。雪婆《ゆきば》んごがやつてきたのです。

ぱちつ、雪童子の革むちが鳴りました。狼《おいの》どもは一ぺんにはねあがりました。雪わらすは顔いろも青ざめ、唇《くちびる》も結ばれ、帽子も飛んでしまひました。

「ひゆう、ひゆう、さあしつかりやるんだよ。なまけちやいけないよ。ひゆう、ひゆう。さあしつかりやつてお呉《く》れ。今日はここらは水仙月《すゐせんづき》の四日だよ。さあしつかりさ。ひゆう。」

雪婆んごの、ぼやぼやつめたい白髪《しらが》は、雪と風とのなかで渦になりました。どんどんかける黒雲の間から、その尖《とが》つた耳と、ぎらぎら光る黄金《きん》の眼も見えます。

西の方の野原から連れて来られた三人の雪童子《ゆきわらす》も、みんな顔いろに血の気もなく、きちつと唇を噛《か》んで、お互挨拶《あいさつ》さへも交はさずに、もうつづけざませはしく革むちを鳴らし行つたり来たりしました。もうどこが丘だか雪けむりだか空だかさへもわからなかつたのです。聞えるものは雪婆《ゆきば》んごのあちこち行つたり来たりして叫ぶ声、お互の革鞭《かはむち》の音、それからいまは雪の中をかけあるく九疋《くひき》の雪狼《ゆきおいの》どもの息の音ばかり、そのなかから雪童子はふと、風にけされて泣いてゐるさつきの子供の声をききました。

雪童子の瞳《ひとみ》はちよつとをかしく燃えました。しばらくたちどまつて考へてゐましたがいきなり烈《はげ》しく鞭をふつてそつちへ走つたのです。

けれどもそれは方角がちがつてゐたらしく雪童子はずうつと南の方の黒い松山にぶつつかりました。雪童子は革むちをわきにはさんで耳をすましました。

「ひゆう、ひゆう、なまけちや承知しないよ。降らすんだよ、降らすんだよ。さあ、ひゆう。今日は水仙月《すゐせんづき》の四日だよ。ひゆう、ひゆう、ひゆう、ひゆうひゆう。」

そんなはげしい風や雪の声の間からすきとほるやうな泣声がちらつとまた聞えてきました。

雪童子はまつすぐにそつちへかけて行きました。雪婆んごのふりみだした髪が、その顔に気みわるくさはりました。峠の雪の中に、赤い毛布《けつと》をかぶつたさつきの子が、風にかこまれて、もう足を雪から抜けなくなつてよろよろ倒れ、雪に手をついて、起きあがらうとして泣いてゐたのです。

「毛布をかぶつて、うつ向けになつておいで。毛布をかぶつて、うつむけになつておいで。ひゆう。」雪童子は走りながら叫びました。けれどもそれは子どもにはただ風の声ときこえ、そのかたちは眼に見えなかったのです。

「うつむけに倒れておいで。ひゆう。動いちやいけない。ぢきやむからけつとをかぶつて倒れておいで。」雪わらすはかけ戻りながら又叫びました。子どもはやつぱり起きあがらうとしてもがいてゐました。

「倒れておいで、ひゆう、だまつてうつむけに倒れておいで、今日はそんなに寒くないんだから凍やしない。」

雪童子は、も一ど走り抜けながら叫びました。子どもは口をびくびくまげて泣きながらまた起きあがらうとしました。

「倒れてゐるんだよ。だめだねえ。」雪童子は向ふからわざとひどくつきあたつて子どもを倒しました。

「ひゆう、もつとしつかりやつておくれ、なまけちやいけない。さあ、ひゆう」

雪婆んごがやつてきました。その裂けたやうに紫な口も尖《とが》つた歯もぼんやり見えました。

「おや、をかしな子がゐるね、さうさう、こつちへとつておしまひ。水仙月《すゐせんづき》の四日だもの、一人や二人とつたつていゝんだよ。」

「えゝ、さうです。さあ、死んでしまへ。」雪童子はわざとひどくぶつつかりながらまたそつと云ひました。

「倒れてゐるんだよ。動いちやいけない。動いちやいけないつたら。」

狼《おいの》どもが気ちがひのやうにかけめぐり、黒い足は雪雲の間からちらちらしました。

「さうさう、それでいゝよ。さあ、降らしておくれ。なまけちや承知しないよ。ひゆうひゆうひゆう、ひゆひゆう。」雪婆《ゆきば》んごは、また向ふへ飛んで行きました。

子供はまた起きあがらうとしました。雪童子《ゆきわらす》は笑ひながら、も一度ひどくつきあたりました。もうそのころは、ぼんやり暗くなつて、まだ三時にもならないに、日が暮れるやうに思はれたのです。こどもは力もつきて、もう起きあがらうとしませんでした。雪童子は笑ひながら、手をのばして、その赤い毛布《けつと》を上からすつかりかけてやりました。

「さうして睡《ねむ》つておいで。布団をたくさんかけてあげるから。さうすれば凍えないんだよ。あしたの朝までカリメラの夢を見ておいで。」

雪わらすは同じとこを何べんもかけて、雪をたくさんこどもの上にかぶせました。まもなく赤い毛布も見えなくなり、あたりとの高さも同じになつてしまひました。

「あのこどもは、ぼくのやつたやどりぎをもつてゐた。」雪童子はつぶやいて、ちよつと泣くやうにしました。

「さあ、しつかり、今日は夜の二時までやすみなしだよ。ここらは水仙月《すゐせんづき》の四日なんだから、やすんぢやいけない。さあ、降らしておくれ。ひゆう、ひゆうひゆう、ひゆひゆう。」

雪婆んごはまた遠くの風の中で叫びました。

そして、風と雪と、ぼさぼさの灰のやうな雲のなかで、ほんたうに日は暮れ雪は夜ぢゆう降つて降つて降つたのです。やつと夜明けに近いころ、雪婆んごはも一度、南から北へまつすぐに馳《は》せながら云ひました。

「さあ、もうそろそろやすんでいゝよ。あたしはこれからまた海の方へ行くからね、だれもついて来ないでいいよ。ゆつくりやすんでこの次の仕度をして置いておくれ。ああまあいいあんばいだつた。水仙月の四日がうまく済んで。」

その眼は闇《やみ》のなかでをかしく青く光り、ばさばさの髪を渦巻かせ口をびくびくしながら、東の方へかけて行きました。

野はらも丘もほつとしたやうになつて、雪は青じろくひかりました。空もいつかすつかり霽《は》れて、桔梗《ききやう》いろの天球には、いちめんの星座がまたたきました。

雪童子《ゆきわらす》らは、めいめい自分の狼《おいの》をつれて、はじめてお互挨拶《あいさつ》しました。

「ずゐぶんひどかつたね。」

「ああ、」

「こんどはいつ会ふだらう。」

「いつだらうねえ、しかし今年中に、もう二へんぐらゐのもんだらう。」

「早くいつしよに北へ帰りたいね。」

「ああ。」

「さつきこどもがひとり死んだな。」

「大丈夫だよ。眠つてるんだ。あしたあすこへぼくしるしをつけておくから。」

「ああ、もう帰らう。夜明けまでに向ふへ行かなくちや。」

「まあいゝだらう。ぼくね、どうしてもわからない。あいつはカシオペーアの三つ星だらう。

みんな青い火なんだらう。それなのに、どうして火がよく燃えれば、雪をよこすんだらう。」

「それはね、電気菓子とおなじだよ。そら、ぐるぐるぐるまはつてゐるだらう。ザラメがみんな、ふわふわのお菓子になるねえ、だから火がよく燃えればいゝんだよ。」

「ああ。」

「ぢや、さよなら。」

「さよなら。」

三人の雪童子は、九疋《くひき》の雪狼《ゆきおいの》をつれて、西の方へ帰つて行きました。

まもなく東のそらが黄ばらのやうに光り、琥珀《こはく》いろにかゞやき、黄金《きん》に燃えだしました。丘も野原もあたらしい雪でいつぱいです。

雪狼どもはつかれてぐつたり座つてゐます。雪童子も雪に座つてわらひました。その頰《ほほ》は林檎《りんご》のやう、その息は百合《ゆり》のやうにかをりました。

ギラギラのお日さまがお登りになりました。今朝は青味がかつて一そう立派です。日光は桃いろにいつぱいに流れました。雪狼は起きあがつて大きく口をあき、その口からは青い焔《ほのほ》がゆらゆらと燃えました。

「さあ、おまへたちはぼくについておいで。夜があけたから、あの子どもを起さなけあいけない。」

雪童子は走つて、あの昨日の子供の埋《うづ》まつてゐるとこへ行きました。

「さあ、ここらの雪をちらしておくれ。」

雪狼どもは、たちまち後足で、そこらの雪をけたてました。風がそれをけむりのやうに飛ばしました。

かんじきをはき毛皮を着た人が、村の方から急いでやつてきました。

「もういゝよ。」雪童子は子供の赤い毛布《けつと》のはじが、ちらつと雪から出たのをみて叫びました。

「お父さんが来たよ。もう眼をおさまし。」雪わらすはうしろの丘にかけあがつて一本の雪けむりをたてながら叫びました。子どもはちらつとうごいたやうでした。そして毛皮の人は一生けん命走つてきました。

山男の四月

山男は、金いろの眼を皿《さら》のやうにし、せなかをかがめて、にしね山のひのき林のなかを、兎《うさぎ》をねらつてあるいてゐました。

ところが、兎はとれないで、山鳥がとれたのです。

それは山鳥が、びつくりして飛びあがるとこへ、山男が両手をちぢめて、鉄砲だまのやうにからだを投げつけたものですから、山鳥ははんぶん潰《つぶ》れてしまひました。

山男は顔をまつ赤にし、大きな口をにやにやまげてよろこんで、そのぐつたり首を垂れた山鳥を、ぶらぶら振りまはしながら森から出てきました。

そして日あたりのいゝ南向きのかれ芝の上に、いきなり獲物を投げだして、ばさばさの赤い髪毛《かみけ》を指でかきまはしながら、肩を円くしてごろりと寝ころびました。

どこかで小鳥もチッチッと啼《な》き、かれ草のところどころにやさしく咲いたむらさきいろのかたくりの花もゆれました。

山男は仰向《あふむ》けになつて、碧《あを》いああをい空をながめました。お日さまは赤と黄金《きん》でぶちぶちのやまなしのやう、かれくさのいゝにほひがそこらを流れ、すぐうしろの山脈では、雪がこんこんと白い後光をだしてゐるのでした。

(飴《あめ》といふものはうまいものだ。天道《てんと》は飴をうんとこさへてゐるが、なかなかおれにはくれない。)

山男がこんなことをぼんやり考へてゐますと、その澄み切つた碧いそらをふわふわうるんだ雲が、あてもなく東の方へ飛んで行きました。そこで山男は、のどの遠くの方を、ごろごろならしながら、また考へました。

(ぜんたい雲といふものは、風のぐあひで、行つたり来たりぽかつと無くなつてみたり、俄《には》かにまたでてきたりするもんだ。そこで雲助とかういふのだ。)

そのとき山男は、なんだかむやみに足とあたまが軽くなつて、逆さまに空気のなかにうかぶやうな、へんな気もちになりました。もう山男こそ雲助のやうに、風にながされるのか、ひとりでに飛ぶのか、どこといふあてもなく、ふらふらあるいてゐたのです。

（ところがここは七つ森だ。ちやんと七つつ、森がある。松のいつぱい生えてるのもある、坊主で黄いろなのもある。そしてここまで来てみると、おれはまもなく町へ行く。町へはひつて行くとすれば、化けないとなぐり殺される。）

山男はひとりでこんなことを言ひながら、どうやら一人《ひとり》まへの木樵《きこり》のかたちに化けました。そしたらもうすぐ、そこが町の入口だつたのです。山男は、まだどうも頭があんまり軽くて、からだのつりあひがよくないとおもひながら、のそのそ町にはひりました。

入口にはいつもの魚屋があつて、塩鮭《しほざけ》のきたない俵だの、くしやくしやになつた鰯《いわし》のつらだのが台にのり、軒には赤ぐろいゆで章魚《だこ》が、五つつるしてありました。その章魚を、もうつくづくと山男はながめたのです。

（あのいぼのある赤い脚のまがりぐあひは、ほんたうにりつぱだ。郡役所の技手《ぎて》の、乗馬ずぼんをはいた足よりまだりつぱだ。かういふものが、海の底の青いくらいところを、大きく眼をあいてはつてゐるのはじつさいえらい。）

山男はおもはず指をくはへて立ちました。するとちやうどそこを、大きな荷物をしよつた、汚ない浅黄服の支那人《しな》が、きよろきよろあたりを見まはしながら、通りかゝつて、いきなり山男の肩をたゝいて言ひました。

「あなた、支那反物よろしいか。六神丸《ろくしんぐわん》たいさんやすい。」

山男はびつくりしてふりむいて、

「よろしい。」とどなりましたが、あんまりじぶんの声がたかゝつたために、円い鉤《かぎ》をもち、髪をわけ下駄《げた》をはいた魚屋の主人や、けらを着た村の人たちが、みんなこつちを見てゐるのに気がついて、すつかりあわてて急いで手をふりながら、小声で言ひ直しました。

「いや、さうだない。買ふ、買ふ。」

すると支那人は

「買はない、それ構はない、ちよつと見るだけよろしい。」

と言ひながら、背中の荷物をみちのまんなかにおろしました。山男はどうもその支那人のぐちやぐちやした赤い眼が、とかげのやうでへんに怖くてしかたありませんでした。

そのうちに支那人は、手ばやく荷物へかけた黄いろの真田紐《さなだひも》をといてふろしきをひらき、行李《かうり》の蓋《ふた》をとつて反物のいちばん上にたくさんならんだ紙箱の間から、小さな赤い薬瓶《くすりびん》のやうなものをつかみだしました。

（おやおや、あの手の指はずゐぶん細いぞ。爪《つめ》もあんまり尖《とが》つてゐるしいよいよこはい。）

山男はそつとかうおもひました。

支那人はそのうちに、まるで小指ぐらゐあるガラスのコップを二つ出して、ひとつを山男に渡しました。

「あなた、この薬のむよろしい。毒ない。決して毒ない。のむよろしい。わたしさきのむ。心配ない。わたしビールのむ、お茶のむ。毒のまない。これながいきの薬ある。のむよろしい。」支那人はもうひとりでかぷつと呑《の》んでしまひました。

山男はほんたうに呑んでいゝだらうかとあたりを見ますと、じぶんはいつか町の中でなく、空のやうに碧《あを》いひろい野原のまんなかに、眼のふちの赤い支那人とたつた二人、荷物を間に置いて向ひあつて立つてゐるのでした。二人のかげがまつ黒に草に落ちました。

「さあ、のむよろしい。ながいきのくすりある。のむよろしい。」支那人は尖つた指をつき出して、しきりにすすめるのでした。山男はあんまり困つてしまつて、もう呑んで遁《に》げてしまはうとおもつて、いきなりぷいつとその薬をのみました。するとふしぎなことには、山男はだんだんからだのでこぼこがなくなつて、ちぢまつて平らになつてちひさくなつて、よくしらべてみると、どうもいつかちひさな箱のやうなものに変つて草の上に落ちてゐるらしいのでした。

（やられた、畜生、たうとうやられた、さつきからあんまり爪《つめ》が尖《とが》つてあやしいとおもつてゐた。畜生、すつかりうまくだまされた。）山男は口惜《くや》しがつてばたばたしようとしましたが、もうたゞ一箱の小さな六神丸《ろくしんぐわん》ですからどうにもしかたありませんでした。

ところが支那《しな》人のはうは大よろこびです。ひよいひよいと両脚をかはるがはるあげてとびあがり、ぽんぽんと手で足のうらをたたきました。その音はつゞみのやうに、野原の遠くのはうまでひびきました。

それから支那人の大きな手が、いきなり山男の眼の前にでてきたとおもふと、山男はふらふらと高いところにのぼり、まもなく荷物のあの紙箱の間におろされました。

おやおやとおもつてゐるうちに上からばたつと行李《かうり》の蓋《ふた》が落ちてきました。それでも日光は行李の目かららうつくしくすきとほつて見えました。

（たうとう牢《らう》におれははひつた。それでもやつぱり、お日さまは外で照つてゐる。）山男はひとりでこんなことを呟《つぶ》やいて無理にかなしいのをごまかさうとしました。するとこんどは、急にもつとくらくなりました。

（ははあ、風呂敷《ふろしき》をかけたな。いよいよ情けないことになつた。これから暗い旅になる。）

山男はなるべく落ち着いてから言ひました。

するとで愕《おど》ろいたことは山男のすぐ横でものを言ふやつがあるのです。

「おまへさんはどこから来なすつたね。」

山男ははじめぎくつとしましたが、すぐ、

（ははあ、六神丸といふものは、みんなおれのやうなぐあひに人間が薬で改良されたもんだな。よしよし、）と考へて、

「おれは魚屋の前から来た。」と腹に力を入れて答へました。すると外から支那人が嚙《か》みつくやうにどなりました。

「声あまり高い。しづかにするよろしい。」

山男はさつきから、支那人がむやみにしやくにさはつてゐましたので、このときはもう一ぺんにかつとしてしまひました。

「何だと。何をぬかしやがるんだ。どろぼうめ。きさまが町へはひつたら、おれはすぐ、この支那人はあやしいやつだとどなつてやる。さあどうだ。」

支那人は、外でしんとしてしまひました。じつにしばらくの間、しいんとしてゐました。

山男はこれは支那人が、両手を胸で重ねて泣いてゐるのかなともおもひました。さうしてみ

ると、いままで峠や林のなかで、荷物をおろしてなにかひどく考へ込んでゐたやうな支那人は、みんなこんなことを誰《たれ》かに云《い》はれたのだなと考へました。山男はもうすつかりかあいさうになつて、いまのはうそだよと云はうとしてゐましたら、外の支那人があはれなしはがれた声で言ひました。

「それ、あまり同情ない。わたし商売たたない。わたしおまんまたべない。わたし往生する、それ、あまり同情ない。」山男はもう支那人が、あんまり気の毒になつてしまつて、おれのからだなどは、支那《しな》人が六十銭まうけて宿屋に行つて、鰯《いわし》の頭や菜つ葉汁をたべるかはりにくれてやらうとおもひながら答へました。

「支那人さん、もういゝよ。そんなに泣かなくてもいゝよ。おれは町にはひつたら、あまり声を出さないやうにしよう。安心しな。」すると外の支那人は、やつと胸をなでおろしたらしく、ほおといふ息の声も、ぽんぽんと足を叩《たた》いてゐる音も聞えました。それから支那人は、荷物をしよつたらしく、薬の紙箱は、互にがたがたぶつつかりました。

「おい、誰《たれ》だい。さつきおれにものを云ひかけたのは。」

山男が斯《か》う云ひましたら、すぐとなりから返事がきました。

「わしだよ。そこでさつきの話のつゞきだがね、おまへは魚屋の前からきたとすると、いま鱸《すずき》が一匹いくらするか、またほしたふかのひれが、十両《テール》に何斤くるか知つてるだらうな。」

「さあ、そんなものは、あの魚屋には居なかつたやうだぜ。もつとも章魚《たこ》はあつたがなあ。あの章魚の脚つきはよかつたなあ。」

「へい。そんないい章魚かい。わしも章魚は大すきでな。」

「うん、誰だつて章魚のきらひな人はない。あれを嫌ひなくらゐなら、どうせろくなやつぢやないぜ。」

「まつたくさうだ。章魚ぐらゐりつぱなものは、まあ世界中にないな。」

「さうさ。お前はいつたいどこからきた。」

「おれかい。上海《しやんはい》だよ。」

「おまへはするとやつぱり支那人だらう。支那人といふものは薬にされたり、薬にしてそれを売つてあるいたり気の毒なもんだな。」

「さうでない。ここらをあるいてるものは、みんな陳のやうないやしいやつばかりだが、ほんたうの支那人なら、いくらでもえらいりつぱな人がある。われわれはみな孔子聖人の末なのだ。」

「なんだかわからないが、おもてにゐるやつは陳といふのか。」

「さうだ。ああ暑い、蓋《ふた》をとるといゝなあ。」

「うん。よし。おい、陳さん。どうもむし暑くていかんね。すこし風を入れてもらひたいな。」

「もすこし待つよろしい。」陳が外で言ひました。

「早く風を入れないと、おれたちはみんな蒸れてしまふ。お前の損になるよ。」

するとで陳が外でおろおろ声《ごゑ》を出しました。

「それ、もとも困る、がまんしてくれるよろしい。」

「がまんも何もないよ、おれたちがすきでむれるんぢやないんだ。ひとりでにむれてしまふさ。早く蓋をあけろ。」

「も二十分まつよろしい。」

「えい、仕方ない。そんならも少し急いであるきな。仕方ないな。ここに居るのはおまへだけかい。」

「いゝや、まだたくさんゐる。みんな泣いてばかりゐる。」

「そいつはかあいさうだ。陳はわるいやつだ。なんとかおれたちは、もいちどもとの形にならないだらうか。」

「それはできる。おまへはまだ、骨まで六神丸になつてゐないから、丸薬さへのめばもとへ戻る。おまへのすぐ横に、その黒い丸薬の瓶《びん》がある。」

「さうか。そいつはいゝ、それではすぐ呑《の》まう。しかし、おまへさんたちはのんでもだめか。」

「だめだ。けれどもおまへが呑んでもとの通りになつてから、おれたちをみんな水に漬《つ》けて、よくもんでもらひたい。それから丸薬をのめばきつとみんなもとへ戻る。」

「さうか。よし、引き受けた。おれはきつとおまへたちをみんなもとのやうにしてやるからな。丸薬といふのはこれだな。そしてこつちの瓶は人間が六神丸になるはうか。陳もさつきおれといつしよにこの水薬をのんだがね、どうして六神丸にならなかつたらう。」

「それはいつしよに丸薬を呑んだからだ。」

「ああ、さうか。もし陳がこの丸薬だけ呑んだらどうなるだらう。変らない人間がまたもとの人間に変るとどうも変だな。」

そのときおもてで陳が、

「支那《しな》たものよろしいか。あなた、支那たもの買ふよろしい。」

と云ふ声がしました。

「ははあ、はじめたね。」山男はそつとかう云つておもしろがつてゐましたら、俄《には》かに蓋があいたので、もうまぶしくてたまりませんでした。それでもむりやりそつちを見ますと、ひとりのおかつぱの子供が、ぽかんと陳の前に立つてゐました。

陳はもう丸薬を一つぶつまんで、口のそばへ持つて行きながら、水薬とコップを出して、

「さあ、呑むよろしい。これながいきの薬ある。さあ呑むよろしい。」とやつてゐます。

「はじめた、はじめた。いよいよはじめた。」行李《かうり》のなかでたれかが言ひました。

「わたしビール呑む、お茶のむ、毒のまない。さあ、呑むよろしい。わたしのむ。」

そのとき山男は、丸薬を一つぶそつとのみました。すると、めりめりめりめりつ。

山男はすつかりもとのやうな、赤髪の立派なからだになりました。陳はちやうど丸薬を水薬といつしよにのむところでしたが、あまりびつくりして、水薬はこぼして丸薬だけのみました。さあ、たいへん、みるみる陳のあたまがめらあつと延びて、いままでの倍になり、せいがめきめき高くなりました。そして「わああ。」と云ひながら山男につかみかかりました。山男はまんまるになつて一生けん命遁《に》げました。ところがいくら走らうとしても、足がから走りといふことをしてゐるらしいのです。たうとうせなかをつかまれてしまひました。

「助けてくれ、わあ、」と山男が叫びました。そして眼をひらきました。みんな夢だつたの

です。

雲はひかつてそらをかけ、かれ草はかんばしくあたたかです。

山男はしばらくぼんやりして、投げ出してある山鳥のきらきらする羽をみたり、六神丸の紙箱を水につけてもむことなどを考へてゐましたがいきなり大きなあくびをひとつして言ひました。

「えゝ、畜生、夢のなかのこつた。陳も六神丸もどうにでもなれ。」

それからあくびをもひとつしました。

祭の晩

山の神の秋の祭りの晩でした。

亮二《りやうじ》はあたらしい水色のしごきをしめて、それに十五銭もらって、お旅屋にでかけました。

「空気獣」といふ見世物が大繁盛でした。

それは、髪を長くして、だぶだぶのずぼんをはいたあばたな男が、小屋の幕の前に立って、「さあ、みんな、入れ入れ。」と大威張りでどなってゐるのでした。亮二が思はず看板の近くまで行きましたら、いきなりその男が、

「おい、あんこ、早ぐ入れ。銭は戻りでいゝから。」と亮二に叫びました。亮二は思はず、

つっと木戸口を入ってしまひました。すると小屋の中には、高木の甲助だの、だいぶ知ってゐる人たちが、みんなをかしいやうなまじめなやうな顔をして、まん中の台の上を見てゐるのでした。台の上に空気獣がねばりついてゐたのです。それは大きな平べったいふらふらした白いもので、どこが頭だか口だかわからず、口上云《い》ひがこっち側から棒でつっつくと、そこは引っこんで向ふがふくれ、向ふをつつくとこっちがふくれ、まん中を突くとまはりが一たいふくれました。亮二は見っともないので、急いで外へ出ようとしましたら、土間の窪《くぼ》みに下駄《げた》がはひってあぶなく倒れさうになり、隣りの頑丈《ぐわんぢやう》さうな大きな男にひどくぶっつかりました。びっくりして見上げましたら、それは古い白縞《しろじま》の単物《ひとへ》に、へんな簑《みの》のやうなものを着た、顔の骨ばって赤い男で、向ふも愕《おど》いたやうに亮二を見おろしてゐました。その眼はまん円で煤《すす》けたやうな黄金《きん》いろでした。亮二が不思議がってしげしげ見てゐましたら、にはかにその男が、眼をぱちぱちっとして、それから急いで向ふを向いて木戸口の方に出ました。亮二もついて行きました。その男は木戸口で、堅く握ってゐた大きな右手をひらいて、十銭の銀貨を出しました。亮二も同じやうな銀貨を木戸番にわたして外へ出ましたら、従兄《いとこ》の達二に会ひました。その男の広い肩はみんなの中に見えなくなってしまひました。

達二はその見世物の看板を指さしながら、声をひそめて云ひました。

「お前はこの見世物にはひったのかい。こいつはね、空気獣だなんて云ってるが、実はね、牛の胃袋に空気をつめたものださうだよ。こんなものにはひるなんて、おまへはばかだな。」

亮二がぼんやりそのをかしな形の空気獣の看板を見てゐるうちに、達二が又云ひました。

「おいらは、まだおみこしさんを拝んでゐないんだ。あした又会うぜ。」そして片脚で、ぴょんぴょん跳ねて、人ごみの中にはひってしまひました。

亮二も急いでそこをはなれました。その辺一ぱいにならんだ屋台の青い苹果《りんご》や葡萄《ぶだう》が、アセチレンのあかりできらきら光ってゐました。

亮二は、アセチレンの火は青くてきれいだけれどもどうも大蛇《だいじゃ》のやうな悪い臭《にほひ》がある、などと思ひながら、そこを通り抜けました。

向ふの神楽殿《かぐらでん》には、ぼんやり五つばかりの提灯《ちやうちん》がついて、これからおかぐらがはじまるところらしく、てびらがねだけしづかに鳴って居《を》りました。(昌一《しやういち》もあのかぐらに出る)と亮二は思ひながら、しばらくぼんやりそこに立ってゐました。

そしたら向ふのひのきの陰の暗い掛茶屋の方で、なにか大きな声がして、みんながそっちへ走って行きました。亮二《りやうじ》も急いでかけて行って、みんなの横からのぞき込みました。するとさっきの大きな男が、髪をもぢゃもぢゃして、しきりに村の若い者にいぢめられてゐるのでした。額から汗を流してなんべんも頭を下げてゐました。

何か云はうとするのでしたが、どうもひどくどもってしまって語《ことば》が出ないやうすでした。てかてか髪をわけた村の若者が、みんなが見てゐるので、いよいよ勢よくどなってゐました。

「貴様んみたいな、他処《よそ》から来たものに馬鹿《ばか》にされて堪《たま》っか。早く銭を払へ、銭を。無《ない》のか、この野郎。無なら何《な》して物食った。こら。」

男はひどくあわてて、どもりながらやっと云ひました。

「た、た、た、薪《たきぎ》百把《ば》持って来てやるがら。」

掛茶屋の主人は、耳が少し悪いと見えて、それをよく聞きとりかねて、却《かへ》って大声で云ひました。

「何だと。たった二串《ふたくし》だと。あたりまへさ。団子の二串やそこら、呉《く》れてやってもいいのだが、おれはどうもきさまの物云ひが気に食はないのでな。やい。何つうつらだ。こら、貴さん。」

男は汗を拭《ふ》きながら、やっと又云ひました。

「薪をあとで百把持って来てやっから、許して呉れろ。」

すると若者が怒ってしまひました。

「うそをつけ、この野郎。どこの国に、団子二串に薪百把払ふやづがあっか。全体きさんどこのやつだ。」

「そ、そ、そ、そいつはとても云はれない。許して呉れろ。」男は黄金《きん》色の眼をぱちぱちさせて、汗をふきふき云ひました。一緒に涙もふいたやうでした。

「ぶん撲《なぐ》れ、ぶん撲れ。」誰《たれ》かが叫びました。

亮二はすっかりわかりました。

（ははあ、あんまり腹がすいて、それにさっき空気獣で十銭払ったので、あともう銭のないのも忘れて、団子を食ってしまったのだな。泣いてゐる。悪い人でない。却って正直な人なんだ。よし、僕が助けてやらう。）

亮二はこっそりがま口から、ただ一枚残った白銅を出して、それを堅く握って、知らないふりをしてみんなを押しわけて、その男のそばまで行きました。男は首を垂れ、手をきちんと膝《ひざ》まで下げて、一生けん命口の中で何かもにゃもにゃ云ってゐました。

亮二はしゃがんで、その男の草履《ざうり》をはいた大きな足の上に、だまって白銅を置きました。すると男はびっくりした様子で、じっと亮二の顔を見下してゐましたが、やがていきなり屈《かが》んでそれを取るやいなや、主人の前の台にぱちっと置いて、大きな声で叫びました。

「そら、銭を出すぞ。これで許して呉れろ。薪《たきぎ》を百把《ば》あとで返すぞ。栗《くり》を八斗あとで返すぞ。」云ふが早いか、いきなり若者やみんなをつき退《の》けて、風のやうに外へ遁《に》げ出してしまひました。

「山男だ、山男だ。」みんなは叫んで、がやがやあとを追はうとしましたが、もうどこへ行ったか、影もかたちも見えませんでした。

風がごうごうっと吹き出し、まっくろなひのきがゆれ、掛茶屋のすだれは飛び、あちこちのあかりは消えました。

かぐらの笛がそのときはじまりました。けれども亮二《りやうじ》はもうそっちへは行かないで、ひとり田圃《たんぼ》の中のほの白い路《みち》を、急いで家の方へ帰りました。早くお爺《ぢい》さんに山男の話を聞かせたかったのです。ぼんやりしたすばるの星がもうよほど高くのぼってゐました。

家に帰って、厩《うまや》の前から入って行きますと、お爺さんはたった一人、ゐろりに火を焚《た》いて枝豆をゆでてゐましたので、亮二は急いでその向ふ側に座って、さっきのことをみんな話しました。お爺さんははじめはだまって亮二の顔を見ながら聞いてゐましたが、おしまひたうとう笑ひ出してしまひました。

「ははあ、そいつは山男だ。山男といふものは、ごく正直なもんだ。おれも霧のふかい時、度々山で遭《あ》ったことがある。しかし山男が祭を見に来たことは今度はじめてだらう。はっはっは。いや、いままでも来てゐても見附からなかったのかな。」

「おぢいさん、山男は山で何をしてゐるのだらう。」

「さうさ、木の枝で狐《きつね》わなをこさへたりしてるさうだ。かういふ太い木を一本、ずうっと曲げて、それをもう一本の枝でやっと押へて置いて、その先へ魚などぶら下げて、狐だの熊《くま》だの取りに来ると、枝にあたってばちんとはねかへって殺すやうにしかけたりしてゐるさうだ。」

その時、表の方で、どしんがらがらがらっと云ふ大きな音がして、家は地震の時のやうにゆれました。亮二は思はずお爺《ぢい》さんにすがりつきました。お爺さんも少し顔色を変へて、急いでラムプを持って外に出ました。

亮二もついて行きました。ラムプは風のためにすぐに消えてしまひました。

その代り、東の黒い山から大きな十八日の月が静かに登って来たのです。

見ると家の前の広場には、太い薪が山のやうに投げ出されてありました。太い根や枝までついた、ぼりぼりに折られた太い薪でした。お爺さんはしばらく呆《あき》れたやうに、それをながめてゐましたが、俄《には》かに手を叩《たた》いて笑ひました。

「はっはっは、山男が薪をお前に持って来て呉れたのだ。俺《おれ》はまたさっきの団子屋にやるといふ事だらうと思ってゐた。山男もずゐぶん賢いもんだな。」

亮二は薪をよく見ようとして、一足そっちへ進みましたが、忽《たちま》ち何かに滑ってころびました。見るとそこらいちめん、きらきらきらきらする栗《くり》の実でした。亮二は起きあがって叫びました。

「おぢいさん、山男は栗も持って来たよ。」

お爺さんもびっくりして云ひました。

「栗まで持って来たのか。こんなに貰《もら》ふわけには行かない。今度何か山へ持って行って置いて来よう。一番着物がよからうな。」

亮二《りやうじ》はなんだか、山男がかあいさうで泣きたいやうなへんな気もちになりました。

「おぢいさん、山男はあんまり正直でかあいさうだ。僕何かいゝものをやりたいな。」

「うん、今度夜具を一枚持って行ってやらう。山男は夜具を綿入の代りに着るかも知れない。それから団子も持って行かう。」

亮二は叫びました。

「着物と団子だけぢゃつまらない。もっともっとい丶ものをやりたいな。山男が嬉《うれ》しがって泣いてぐるぐるはねまはって、それからからだが天に飛んでしまふ位い丶ものをやりたいなあ。」

おぢいさんは消えたラムプを取りあげて、

「うん、さういふい丶ものあればなあ。さあ、うちへ入って豆をたべろ。そのうちに、おとうさんも隣りから帰るから。」と云ひながら、家の中にはひりました。

亮二はだまって青い斜めなお月さまをながめました。

風が山の方で、ごうっと鳴って居ります。

紫《し》紺《こん》染《ぞめ》について

盛岡の産物のなかに、紫《し》紺《こん》染《ぞめ》といふものがあります。

これは、紫紺といふ桔梗《ききやう》によく似た草の根を、灰で煮出して染めるのです。

南部の紫紺染は、昔は大へん名高いものだったさうですが、明治になってからは、西洋からやすいアニリン色素がどんどんはひって来ましたので、一向はやらなくなってしまひました。それが、ごくちかごろ、またさわぎ出されました。けれどもなにぶん、しばらくすたれてゐたものですから、製法も染方も一向わかりませんでした。そこで県工業会の役員たちや、工芸学校の先生は、それについていろいろしらべました。そしてたうとう、すっかり昔のやうないゝものが出来るやうになって、東京大博覧会へも出ましたし、二等賞も取りました。ここまでは、大てい誰《たれ》でも知ってゐます。新聞にも毎日出てゐました。

ところが仲々、お役人方の苦心は、新聞に出てゐる位のものではありませんでした。その研究中の一つのはなしです。

工芸学校の先生は、まづ昔の古い記録に眼をつけたのでした。そして図書館の二階で、毎日黄いろに古びた写本をしらべてゐるうちに、遂《つひ》にかういふいゝことを見附けました。

「一、山男紫紺を売りて酒を買ひ候《さふらふ》事、

山男、西根山にて紫紺の根を掘り取り、夕景に至りて、ひそかに御城下（盛岡）へ立ち出《い》で候上、材木町生薬商人近江《あふみ》屋源八に一俵二十五文にて売り候。それより山男、酒屋半之助方へ参り、五合入程の瓢簞《へうたん》を差出し、この中に清酒一斗お入れなされたくと申し候。半之助方小僧、身ぶるへしつゝ、酒一斗はとても入り兼ね候と返答致し候処《ところ》、山男、まづは入れなさるべく候と押して申し候。半之助も顔色青ざめ委細承知と早口に申し候。扨《さて》、小僧ますをとりて酒を入れ候に、酒は事もなく入り、遂に正味一斗と相成り候。山男大《おほひ》に笑ひて二十五文を置き、瓢簞をさげて立ち去り候趣、材木町総代より御届け有之《これあり》候。」

これを読んだとき、工芸学校の先生は、机を叩《たた》いて斯《か》うひとりごとを言ひました。

「なるほど、紫紺の職人はみな死んでしまった。生薬屋のおやぢも死んだと。さうして見るとさしあたり、紫紺についての先輩は、今では山男だけといふわけだ。よしよし、一つ山男を呼び出して、聞いてみよう。」

そこで工芸学校の先生は、町の紫紺染研究会の人達と相談して、九月六日の午后六時から、内丸《うちまる》西洋軒で山男の招待会をすることにきめました。そこで工芸学校の先生は、山男へ宛《あ》てて上手な手紙を書きました。山男がその手紙さへ見れば、きっともう出掛けて来るやうにうまく書いたのです。そして桃いろの封筒へ入れて、岩手郡西根山、山男殿と上書きをして、三銭の切手をはって、スポンと郵便函《いうびんばこ》へ投げ込みました。

「ふん。かうさへしてしまへば、あとはむかふへ届かうが届くまいが、郵便屋の責任だ。」

と先生はつぶやきました。

あっはっは。みなさん。たうとう九月六日になりました。夕方、紫紺染に熱心な人たちが、みんなで二十四人、内丸西洋軒に集まりました。

もう食堂のしたくはすっかり出来て、扇風機はぶうぶうまはり、白いテーブル掛けは波をたてます。テーブルの上には、緑や黒の植木の鉢《はち》が立派にならび、極上等のパンやバタももう置かれました。台所の方からは、いゝ匂《にほひ》がぷんぷんします。みんなは、蚕種取締所設置の運動のことやなにか、いろいろ話し合ひましたが、こゝろの中では誰《たれ》もみんな、山男がほんたうにやって来るかどうかを、大へん心配してゐました。もし山男が来なかったら、仕方ないからみんなの懇親会といふことにしようと、めいめい考へてゐました。

ところが山男が、たうとうやって来ました。丁度、六時十五分前に一台の人力車がすうっと西洋軒の玄関にとまりました。みんなはそれ来たっと玄関にならんでむかへました。俥屋《くるまや》はまるでまっかになって汗をたらしゆげをほうほうあげながら膝《ひざ》かけを取りました。するとゆっくりと俥から降りて来たのは黄金《きん》色目玉あかつらの西根山の山男でした。せなかに大きな桔梗《ききやう》の紋のついた夜具をのっしりと着込んで鼠《ねずみ》色の袋のやうな袴《はかま》をどふっとはいて居《を》りました。そして大きな青い縞《しま》の財布を出して

「くるまちんはいくら。」とききました。

　俥屋はもう疲れてよろよろ倒れさうになってゐましたがやっとのことで斯《か》う云《い》ひました。

「旦那《だんな》さん。百八十両やって下さい。俥はもうみしみし云ってゐますし私はこれから病院へはひります。」

　すると山男は

「うんもっともだ。さあこれ丈《だ》けやらう。つりは酒代だ。」と云ひながらいくらだかわから

ない大きな札を一枚出してすたすた玄関にのぼりました。みんなははあっとおじぎをしました。山男もしづかにおじぎを返しながら

「いやこんにちは。お招きにあづかりまして大へん恐縮です。」と云ひました。みんなは山男があんまり紳士風で立派なのですっかり愕《おど》ろいてしまひました。ただひとりその中に町はづれの本屋の主人が居ましたが山男の無暗《むやみ》にしか爪《つめ》らしいのを見て思はずにやりとしました。それは昨日の夕方顔のまっかな簑《みの》を着た大きな男が来て、「知って置くべき日常の作法。」といふ本を買って行ったのでしたが山男がその男にそっくりだったのです。

とにかくみんなは山男をすぐ食堂に案内しました。そして一緒にこしかけました。山男が腰かけた時椅子《いす》はがりがりっと鳴りました。山男は腰かけるとこんどは黄金《きん》色の目玉を据ゑてじっとパンや塩やバターを見つめ〔以下原稿一枚?なし〕

どうしてかと云ふともし山男が洋行したとするとやっぱり船に乗らなければならない、山男が船に乗って上海《シャンハイ》に寄ったりするのはあんまりをかしいと会長さんは考へたのでした。

さてだんだん食事が進んではなしもはずみました。

「いやじっさいあの辺はひどい処《ところ》だよ。どうも六百からの棄権ですからな。」

なんて云ってゐる人もあり一方ではそろそろ大切な用談がはじまりかけました。

「えゝと、失礼ですが山男さん、あなたはおいくつでいらっしゃいますか。」

「二十九です。」

「お若いですな。やはり一年は三百六十五日ですか。」

「一年は三百六十五日のときも三百六十六日のときもあります。」

「あなたはふだんどんなものをおあがりになりますか。」

「さやう。栗《くり》の実やわらびや野菜です。」

「野菜はあなたがおつくりになるのですか。」

「お日さまがおつくりになるのです。」

「どんなものですか。」

「さやう。みづ、ほうな、しどけ、うど、そのほか、しめじ、きんたけなどです。」

「今年はうどの出来がどうですか。」

「なかなかいゝやうですが、少しかをりが不足ですな。」

「雨の関係でせうかな。」

「さうです。しかしどうしてもアスパラガスには叶《かな》ひませんな。」

「へえ」

「アスパラガスやちしゃのやうなものが山野に自生する様にならないと産業もほんたうではありませんな。」

「へえ。ずゐぶんなご卓見です。しかしあなたは紫紺のことはよくごぞんじでせうな。」

　みんなはしいんとなりました。これが今夜の眼目だったのです。山男はお酒をかぶりと呑《の》んで云ひました。

「しこん、しこんと。はてな聞いたやうなことだがどうもよくわかりません。やはり知らないのですな。」

　みんなはがっかりしてしまひました。なんだ、紫紺のことも知らない山男など一向用はないこんなやつに酒を呑ませたりしてつまらないことをした。もうあとはおれたちの懇親会だ、と云ふつもりでめいめい勝手にのんで勝手にたべました。ところが山男にはそれが大へんうれしかったやうでした。しきりにかぶりかぶりとお酒をのみました。お魚が出ると丸ごとけろりとたべました。野菜が出ると手をふところに入れたまゝ舌だけ出してべろりとなめてしまひます。

　そして眼をまっかにして

「へろれって、へろれって、けろれって、へろれって。」なんて途方もない声で咆《ほ》えはじめました。さあみんなはだんだん気味悪くなりました。おまけに給仕がテーブルのはじの方で新らしいお酒の瓶《びん》を抜いたときなどは山男は手を長くながくのばして横から取ってしまってラッパ呑みをはじめましたのでぶるぶるぶるふるへ出した人もありました。そこで研究会の会長さんは元来おさむらひでしたから考へました。(これはどうもいかん。けしからん。かうみだれてしまっては仕方がない。一つひきしめてやらう。)くだものの出たのを合図に会長さんは立ちあがりました。けれども会長さんももうへろへろ酔ってゐたのです。

「えゝ一寸《ちょっと》一言ご挨拶《あいさつ》申しあげます。今晩はお客様にはよくおいで下さいました。どうかおゆるりとおくつろぎ下さい。さて現今世界の大勢を見るに実にどうもこんらんして居る。ひとのものを横合からとる様なことが多い。実にふんがいにたへない。まだ世界は野蛮からぬけない。けしからん。くそっ。ちょっ。」

会長さんはまっかになってどなりました。みんなはびっくりしてぱくぱく会長さんの袖《そで》を引っぱって無理に座らせました。

するど山男は面倒臭さうにふところから手を出して立ちあがりました。

「えゝ一寸一言ご挨拶を申し上げます。今晩はあついおもてなしにあづかりまして千万かたじけなく思ひます。どういふわけでこんなおもてなしにあづかるのか先刻からしきりに考へてゐるのです。やはりどうもその先頃《せんころ》おたづねにあづかった紫紺についての様であります。さうして見ると私も本気で考へ出さなければなりません。さう思って一生懸命思ひ出しました。ところが私は子供のとき母が乳がなくて濁り酒で育てて貰《もら》ったためにひどいアルコール中毒なのであります。お酒を呑まないと物を忘れるので丁度みなさまの反対であります。そのためについビールも一本失礼いたしました。そしてそのお蔭《かげ》でやっとおもひだしました。あれは現今西根山にはたくさんございます。私のおやぢなどはしじゅうあれを掘って町へ来て売ってお酒にかへたといふはなしであります。おやぢがどうもちかごろ紫紺も買ふ人はなし困ったと云ってこぼしてゐるのも聞いたことがあります。それからあれを染めるには何も黒いしめった土をつかふといふはなしもぼんやりおぼえてゐます。紫紺についてわたくしの知って居るのはこれだけであります。それで何かのご参考になればまことにしあはせです。さて考へて見ますとありがたいはなしでございます。私のおやぢは紫紺の根を掘って来てお酒ととりかへましたが私は紫紺のはなしを一寸すればこんなに酔ふ位までお酒が呑めるのです。

そらこんなに酔ふ位です。」

山男は赤くなった顔を一つ右手でしごいて席へ座りました。

みんなはざわざわしました。工芸学校の先生は「黒いしめった土を使ふこと」と手帳へ書いてポケットにしまひました。

そこでみんなは青いりんごの皮をむきはじめました。山男もむいてたべました。そして実をすっかりたべてからこんどはかまどをぱくりとたべました。それからちょっとそばをたべるやうな風にして皮もたべました。工芸学校の先生はちらっとそれを見ましたが知らないふりをして居りました。

さてだんだん夜も更けましたので会長さんが立って
「やあこれで解散だ。諸君めでたしめでたし。ワッハッハ。」とやって会は終りました。

そこで山男は顔をまっかにして肩をゆすって一度にはしごだんを四つ位づつ飛んで玄関へ降りて行きました。

みんなが見送らうとあとをついて玄関まで行ったときは山男はもう居ませんでした。

丁度七つの森の一番はじめの森に片脚をかけた所だったのです。

さて紫紺染が東京大博覧会で二等賞をとるまでにはこんな苦心もあったといふだけのおはなしであります。

毒もみのすきな署長さん

四つのつめたい谷川が、カラコン山の氷河から出て、ごうごう白い泡をはいて、プハラの国にはひるのでした。四つの川はプハラの町で集って一つの大きなしづかな川になりました。その川はふだんは水もすきとほり、淵《ふち》には雲や樹《き》の影もうつるのでしたが、一ぺん洪水になると、幅十町もある楊《やなぎ》の生えた広い河原が、恐ろしく咆《ほ》える水で、いっぱいになってしまったのです。けれども水が退《ひ》きますと、もとのきれいな、白い河原があらはれました。その河原のところどころには、蘆《あし》やがまなどの岸に生えた、ほそ長い沼のやうなものがありました。

それは昔の川の流れたあとで、洪水のたびにいくらか形も変るのでしたが、すっかり無くなるといふこともありませんでした。その中には魚がたくさん居《を》りました。殊にどぜうとなまづがたくさん居りました。けれどもプハラのひとたちは、どぜうやなまづは、みんなばかにして食べませんでしたから、それはいよいよ増えました。

なまづのつぎに多いのはやっぱり鯉《こひ》と鮒《ふな》でした。それからはやも居りました。ある年などは、そこに恐ろしい大きなてふざめが、海から遁《に》げて入って来たといふ、評判などもありました。けれども大人や賢い子供らは、みんな本当にしないで、笑ってゐました。第一それを云《い》ひだしたのは、剃刀《かみそり》を二梃《ちやう》しかもってゐない、下手な床屋のリチキで、すこしもあてにならないのでした。けれどもあんまり小さい子供らは、毎日てふざめを見ようとして、そこへ出かけて行きました。いくらまじめに眺《なが》めてゐても、そんな巨《おほ》きなてふざめは、泳ぎも浮びもしませんでしたから、しまひには、リチキは大へん軽べつされました。

さてこの国の第一条の

「火薬を使って鳥をとってはなりません、

毒もみをして魚をとってはなりません。」

といふその毒もみといふのは、何かと云ひますと床屋のリチキはかう云ふ風に教へます。

山椒《さんせう》の皮を春の午《うま》の日の暗夜《やみよ》に剥《む》いて土用を二回かけて乾かしうすでよくつく、その目方一貫匁《くわんめ》を天気のいゝ日にもみぢの木を焼いてこしらへた木灰七百匁とまぜる、それを袋に入れて水の中へ手でもみ出すことです。

さうすると、魚はみんな毒をのんで、口をあぶあぶやりながら、白い腹を上にして浮びあがるのです。そんなふうにして、水の中で死ぬことは、この国の語《ことば》ではエップカップと云ひました。これはずゐぶんいゝ語です。

とにかくこの毒もみをするものを押へるといふことは警察のいちばん大事な仕事でした。

ある夏、この町の警察へ、新らしい署長さんが来ました。

この人は、どこか河獺《かはうそ》に似てゐました。赤ひげがぴんとはねて、歯はみんな銀の入歯でした。署長さんは立派な金モールのついた、長い赤いマントを着て、毎日ていねいに町をみまはりました。

驢《ろ》馬《ば》が頭を下げてると荷物があんまり重過ぎないかと驢馬追ひにたづねましたし家の中で赤ん坊があんまり泣いてゐると疱瘡《はうさう》の呪《まじな》ひを早くしないといけないとお母さんに教へました。

ところがそのころどうも規則の第一条を用ゐないものができてきました。あの河原のあちこちの大きな水たまりからいっかう魚が釣れなくなって時々は死んで腐ったものも浮いてゐました。また春の午《うま》の日の夜の間に町の中にたくさんある山椒《さんせう》の木がたびたびつるりと皮を剝《む》かれて居りました。けれども署長さんも巡査もそんなことがあるかなあといふふうでした。

ところがある朝手習の先生のうちの前の草原で二人の子供がみんなに囲まれて交る交る話してゐました。

「署長さんにうんと叱《しか》られたぞ」

「叱られたよ。叱られたかい。」少し大きなこどもがききました。

「叱られたよ。署長さんの居るのを知らないで石をなげたんだよ。するとあの沼の岸に署長さんが誰《たれ》か三四人とかくれて毒もみをするものを押へようとしてゐたんだ。」

「何と云って叱られた。」

「誰だ。石を投げるものは。おれたちは第一条の犯人を押へようと思って一日こゝに居るんだぞ。早く黙って帰れ。って云った。」

「ぢゃきっと間もなくつかまるねえ。」

ところがそれから半年ばかりたちますとまたこどもらが大さわぎです。

「そいつはもうたしかなんだよ。僕の証拠といふのはね、ゆふべお月さまの出るころ、署長さんが黒い衣だけ着て、頭巾《づきん》をかぶってね、変な人と話してたんだよ。ね、そら、あの鉄砲打ちの小さな変な人ね、そしてね、『おい、こんどはも少しよく、粉にして来なくちゃいかんぞ。』なんて云ってるだらう。それから鉄砲打ちが何か云ったら、『なんだ、柏《かしは》の木の皮もまぜて置いた癖に、一俵二両《テール》だなんて、あんまり無法なことを云ふな。』なんて云ってるだらう。きっと山椒の皮の粉のことだよ。」

するとも一人が叫びました。

「あっ、さうだ。あのね、署長さんがね、僕のうちから、灰を二俵買ったよ。僕、持って行ったんだ。ね、そら、山椒の粉へまぜるのだらう。」

「さうだ。さうだ。きっとさうだ。」みんなは手を叩《たた》いたり、こぶしを握ったりしました。

床屋のリチキは、商売がはやらないで、ひまなもんですから、あとでこの話をきいて、すぐ勘定しました。

毒もみ収支計算

費用の部

一、金　二両《テール》　山椒皮　一俵

一、金　三十銭《メース》　灰　一俵

計　　二両三十銭也《なり》

収入の部

一、金　十三両《テール》　鰻《うなぎ》　十三斤

一、金　十両　その他見積り

計　二十三両也

差引勘定

二十両七十　銭《メース》　署長利益

あんまりこんな話がさかんになって、たうとう小さな子供らまでが、巡査を見ると、わざと遠くへ遁《に》げて行って、

「毒もみ巡査、

なまづはよこせ。」

なんて、力いっぱいからだまで曲げて叫んだりするもんですから、これではとてもいかんといふので、プハラの町長さんも仕方なく、家来を六人連れて警察に行って、署長さんに会ひました。

二人が一緒に応接室の椅子《いす》にこしかけたとき、署長さんの黄金《きん》いろの眼は、どこかずうっと遠くの方を見てゐました。

「署長さん、ご存じでせうか、近頃、林野取締法の第一条をやぶるものが大変あるさうですが、どうしたのでせう。」

「はあ、そんなことがありますかな。」

「どうもあるさうですよ。わたしの家の山椒《さんせう》の皮もはがれましたし、それに魚が、たびたび死んでうかびあがるといふではありませんか。」

するとと署長さんが何だか変にわらひました。けれどもそれも気のせゐかしらと、町長さんは思ひました。

「はあ、そんな評判がありますかな。」

「ありますとも。どうもそしてその、子供らが、あなたのしわざだと云ひますが、困ったもんですな。」

署長さんは椅子から飛びあがりました。

「そいつは大へんだ。僕の名誉にも関係します。早速犯人をつかまへます。」

「何かおてがかりがありますか。」

「さあ、さうさう、ありますとも。ちゃんと証拠があがってゐます。」

「もうおわかりですか。」

「よくわかってます。実は毒もみは私ですがね。」

署長さんは町長さんの前へ顔をつき出してこの顔を見ろといふやうにしました。

町長さんも愕《おどろ》きました。

「あなた？　やっぱりさうでしたか。」

「さうです。」

「そんならもうたしかですね。」

「たしかですとも。」

署長さんは落ち着いて、卓子《テーブル》の上の鐘を一つカーンと叩《たた》いて、赤ひげのもぢゃもぢゃ生えた、第一等の探偵を呼びました。

さて署長さんは縛られて、裁判にかゝり死刑といふことにきまりました。

いよいよ巨《おほ》きな曲った刀で、首を落されるとき、署長さんは笑って云ひました。

「あゝ、面白かった。おれはもう、毒もみのことときたら、全く夢中なんだ。いよいよこんどは、地獄で毒もみをやるかな。」

みんなはすっかり感服しました。

V　魔処の章

地　主

水もごろごろ鳴れば
鳥が幾むれも幾むれも
まばゆい東の雲やけむりにうかんで
小松の野はらを過ぎるとき
ひとは瑪瑙のやうに
酒にうるんだ赤い眼をして
がまのはむばきをはき

古いスナイドルを斜めにしょって
胸高く腕を組み
怨霊のやうにひとりさまよふ
この山ぎはの狭い部落で
三町歩の田をもってゐるばかりに
殿さまのやうにみんなにおもはれ
じぶんでも首まで借金につかりながら
やっぱりりんとした地主気取り
うしろではみみづく森や
六角山の下からつゞく
一里四方の巨きな丘に
まだ芽を出さない栗の木が
褐色の梢をぎっしりそろへ
その麓の
月光いろの草地には

立派なはんの一むれが
東邦風にすくすくと立つ
そんな桃いろの春のなかで
ふかぶかとうなじを垂れて
ひとはさびしく行き惑ふ
一ぺん入った小作米は
もう全くたべるものがないからと
かはるがはるみんなに泣きつかれ
秋までにはみんな借りられてしまふので
そんならおれは男らしく
じぶんの腕で食ってみせると
古いスナイドルをかつぎだして
首尾よく熊をとってくれば
山の神様を殺したから
ことしはお蔭で作も悪いと云はれる

その苗代はいま朝ごとに緑金を増し
畔では羊歯《しだ》の芽もひらき
すぎなも青く冴えれば
あっちでもこっちでも
つかれた腕をふりあげて
三本鍬をぴかぴかさせ
乾田を起してゐるときに
もう熊をうてばいゝか
何をうてばいゝかわからず
うるんで赤いまなこして
怨霊のやうにあるきまはる

五二〇　〔地蔵堂の五本の巨杉《すぎ》が〕

一九二五、四、一八、

地蔵堂の五本の巨杉《すぎ》が
まばゆい春の空気の海に
もくもくもくもく盛りあがるのは
古い怪《け》性の青唐獅子の一族が
ここで誰かの呪文を食って
仏法守護を命ぜられたといふかたち
……地獄のまっ黒けの花椰菜め！

そらをひっかく鉄の箒め！……

地蔵堂のこっちに続き
さくらもしだれの柳も匝《めぐ》る
風にひなびた天台寺《でら》は
悧発で純な三年生の寛の家
寛がいまより小さなとき
鉛いろした障子だの
鐘のかたちの飾り窓
そこらあたりで遊んでゐて
あの青ぐろい巨きなものを
はっきり樹だとおもったらうか
……樹は中ぞらの巻雲を
二本ならんで航行する……
またその寛の名高い叔父
いま教授だか校長だかの

国士卓内先生も
この木を木だとおもったらうか
　洋服を着ても和服を着ても
　それが法衣《ころも》に見えるといふ
　鈴木卓内先生は
　　この木を木だとおもったらうか
　　……樹は天頂の巻雲を
　　　悠々として通行する……
いまやまさしく地蔵堂の正面なので
二本の幹の間には
きゅうくつさうな九級ばかりの石段と
褪せた鳥居がきちんと嵌まり
樹にはいっぱい雀の声
　……青唐獅子のばけものどもは
　　緑いろした気海の島と身を観じ

そのたくさんの港湾を
雀の発動機船に貸して
ひたすら出離をねがふとすれば
お地蔵さまはお堂のなかで
半眼ふかく座つてゐる……

お堂の前の広場には
梢の影がつめたく落ちて
あちこちなまめく日射しの奥に
粘板岩の石碑もくらく
鷺もすだけば
こどものボールもひかつてとぶ

一九五　塚と風

一九二四、九、一〇、

……わたくしに関して一つの塚とこゝを通過する風とが
あるときこんなやうな存在であることを示した……

この人ぁくすぐらへでぁのだもなす
たれかが右の方で云ふ
髪を逆立てた印度の力士ふうのものが
口をゆがめ眼をいからせて

一生けんめいとられた腕をもぎはなし
東に走って行かうとする
その肩や胸には赤い斑点がある

後光もあれば鏡もあり
青いそらには瓔珞もきらめく
子どもに乳をやる女
その右乳ぶさあまり大きく角だって
いちめん赤い痘瘡がある

掌のなかばから切られた指
これはやっぱりこの塚のだらうか
わたくしのではない
柳沢さんのでなくてまづ好がった

　袴をはいた烏天狗だ
　や、西行、
上……見……る……に……は……及……ば……な……い……
や……っ……ぱ……り……下……見……る……の……だ
　呟くやうな水のこぼこぼ鳴るやうな

　私の考と阿部孝の考とを
ちやうど神楽の剣舞のやうに
対称的に双方から合せて
そのかつぽれ　学校へ来んかなと云ったのだ

　こどもが二人母にだかれてねむってゐる
いぢめてやりたい
いぢめてやりたい
いぢめてやりたい

誰かが泣いて云ひながら行きすぎる

一六　五輪峠【先駆形A】

一九二四、三、二四、

凍み雪の森のなだらを
ほそぼそとみちがめぐれば
向ふは松と岩との高み
高みのうへに
がらんと暗いみぞれのそらがひらいてゐる
　……そここそ峠のいただきだ……
あの楢の木の柵のある

ちひさな嶺を過ぎながら
それを峠とおもったために
みちがこんなに地図に合はなくなったのだ
　（五つの峯の峠ゆゑ
　　五輪峠と呼ばれたり）
五つでなくて二っつだ
けれども五つといふのもある
そいつがどこかの雪ぞらで
さめざめ蒼くひかってゐる
　（五輪は地水火風空）
松が幾本立ってゐる
藪が陰気にこもってゐる
そこにあるのはまさしく古い五輪の塔だ
苔に蒸された花崗《みかげ》岩の古い五輪の塔だ
　……梵字と雲と

みちのくは風の巡礼……
　みちのくの
　五輪峠に
　雪がつみ
　五つの峠に雪がつみ
　その五の峯の松の下
　地輪水輪また火風
　空輪五輪の塔がたち
　一の地輪を転ずれば
　菩提のこころしりぞかず
　四の風輪を転ずれば
　菩薩こゝろに障碍なく
　五の空輪を転ずれば
　常楽我浄の影うつす
　みちのくの

五輪峠に雪がつみ
五つの峠に……　雪がつみ……

あゝいま前に展く暗いものは
まさしく早春の北上の平野である
薄墨の雲につらなり
酵母の雪に朧ろにされて
海と湛へる藍と銀との平野である
雪がもうここにもどしどし降ってくる
塵のやうに灰のやうに降ってくる
つつじやこならの灌木も
まっくろな温石いしも
みんないっしょにまだらになる

さいかち淵《ぶち》

八月十三日

さいかち淵《ぶち》なら、ほんたうにおもしろい。

しゅっこだって毎日行く。しゅっこは、舜一《しゅんいち》なんだけれども、みんなはいつでもしゅっこといふ。さういはれても、しゅっこは少しも怒らない。だからみんなは、いつでもしゅっこといふ。ぼくは、しゅっことは、いちばん仲がいい。けふもいっしょに、出かけて行った。

ぼくらが、さいかち淵で泳いでゐると、発破《はつぱ》をかけに、大人も来るからおもしろい。今日のひるまもやって来た。

石神《いしがみ》の庄助《しやうすけ》がさきに立って、そのあとから、煉瓦場《れんぐわば》の人たちが三人ばかり、肌ぬぎになったり、網を持ったりして、河原のねむの木のとこを、こっちへ来るから、ぼくは、きっと発破だとおもった。しゅっこも、大きな白い石をもって、淵の上のさいかちの木にのぼってゐたが、それを見ると、すぐに、石を淵に落して叫んだ。

「おゝ、発破《はつぱ》だぞ。知らないふりしてろ。石とりやめて、早くみんな、下流《しも》へさがれ。」

そこでみんなは、なるべくそっちを見ないやうにしながら、いっしょに下流《しも》の方へ泳いだ。しゅっこは、木の上で手を額にあてて、もう一度よく見きはめてから、どぶんと逆《さか》さまに淵へ飛びこんだ。それから水を潜《くぐ》って、一ぺんにみんなへ追ひついた。

ぼくらは、淵の下流《しも》の、瀬になったところに立った。

「知らないふりして遊んでろ。みんな。」しゅっこが云《い》った。ぼくらは、砥石《といし》をひろったり、せきれいを追ったりして、発破のことなぞ、すこしも気がつかないふりをしてゐた。

向ふの淵の岸では、庄助が、しばらくあちこち見まはしてから、いきなりあぐらをかいて、砂利の上へ座ってしまった。それからゆっくり、腰からたばこ入れをとって、きせるをくはへて、ぱくぱく煙をふきだした。奇体だと思ってゐたら、また腹かけから、何か出した。

「発破だぞ、発破だぞ。」とぺ吉《きち》やみんな叫んだ。しゅっこは、手をふってそれをとめた。庄助は、きせるの火を、しづかにそれへうつした。うしろに居た一人は、すぐ水に入って、網をかまへた。庄助は、まるで電車を運転するときのやうに落ちついて、立って一あし水にはひると、すぐその持ったものを、さいかちの木の下のところへ投げこんだ。するとまもなく、ぼぉとい ふやうなひどい音がして、水はむくっと盛りあがり、それからしばらく、そこらあたりがきぃんと鳴った。煉瓦場《れんぐわば》の人たちは、みんな水へ入った。

「さあ、流れて来るぞ。みんなとれ。」としゅっこが云った。まもなく、小指ぐらゐの茶いろなかじかが、横向きになって流れて来たので、取らうとしたら、うしろのはうで三郎が、まるで瓜《うり》をすするときのやうな声を出した。六寸ぐらゐある鮒《ふな》をとって、顔をまっ赤にしてよろこんでゐたのだった。

「だまってろ、だまってろ。」しゅっこが云った。

そのとき、向ふの白い河原を、肌ぬぎになったり、シャツだけ着たりした大人や子どもらが、たくさんかけて来た。そのうしろからは、ちゃうど活動写真のやうに、一人の網シャツを着た人が、はだか馬に乗って、まっしぐらに走って来た。みんな発破《はっぱ》の音を聞いて、見に来たのだ。

庄助《しやうすけ》は、しばらく腕を組んで、みんなのとるのを見てゐたが、

「さっぱり居なぃな。」と云った。けれども、あんなにとれたらたくさんだ。煉瓦場《れんぐわば》の人たちなんか、三十疋《ぴき》ぐらゐもとったんだから。ぼくらも、一疋か二疋なら誰《たれ》だって拾った。庄助は、だまって、また上流《かみ》へ歩きだした。煉瓦場の人たちもついて行った。網シャツの人は、馬に乗って、またかけて行ったし、子どもらは、ぼくらの仲間にはひらうと、岸に座って待ってゐた。

「発破かけだら、雑魚《ざこ》撒《ま》かせ。」三郎が、河原の砂っぱの上で、ぴょんぴょんはねながら、高く叫んだ。

ぼくらは、とった魚を、石で囲んで、小さな生洲《いけす》をこしらへて、生き返っても、もう遁《に》げて行かないやうにして、また石取りをはじめた。ほんたうに暑くなって、ねむの木もぐったり見えたし、空もまるで、底なしの淵《ふち》のやうになった。

そのころ誰かが、

「あ、生洲、打壊《ぶっこは》すとこだぞ。」と叫んだ。見ると、一人の変に鼻の尖《とが》った、洋服を着てわらぢをはいた人が、鉄砲でもない槍《やり》でもない、をかしな光る長いものを、せなかにしょって、

手にはステッキみたいな鉄槌《かなづち》をもって、ぼくらの魚を、ぐちゃぐちゃ掻《か》きまはしてゐるのだ。みんな怒って、何か云はうとしてゐるうちに、その人は、びちゃびちゃ岸をあるいて行って、それから淵のすぐ上流《かみ》の浅瀬をこっちへわたらうとした。ぼくらはみんな、さいかちの樹《き》にのぼって見てゐた。ところがその人は、すぐに河をわたるでもなく、いかにもわらぢや脚絆《きやはん》の汚なくなったのを、そのまゝ洗ふといふふうに、もう何べんも行ったり来たりするもんだから、ぼくらはいよいよ、気持ちが悪くなってきた。そこで、たうとう、しゅっこが云った。

「お、おれ先に叫ぶから、みんなあとから、一二三で叫ぶこだ。いいか。

あんまり川を濁すなよ、

いつでも先生《せんせ》云ふでなぃか。一、二ぃ、三。」

「あんまり川を濁すなよ、

いつでも先生《せんせ》云ふでなぃか。」

その人は、びっくりしてこっちを見たけれども、何を云ったのか、よくわからないといふやうすだった。そこでぼくらはまた云った。

「あんまり川を濁すなよ、

いつでも先生《せんせ》、云ふでなぃか。」

鼻の尖った人は、すぱすぱと、煙草《たばこ》を吸ふときのやうな口つきで云った。

「この水吞《の》むのか、ここらでは。」

「あんまり川をにごすなよ、
いつでも先生《せんせ》云ふでなぃか。」

鼻の尖った人は、少し困ったやうにして、また云った。

「川をあるいてわるいのか。」

「あんまり川をにごすなよ、
いつでも先生《せんせ》云ふでなぃか。」

その人は、あわてたのをごまかすやうに、わざとゆっくり、川をわたって、それから、アルプスの探険みたいな姿勢をとりながら、青い粘土と赤砂利の崖《がけ》をななめにのぼって、せなかにしょった長いものをぴかぴかさせながら、上の豆畠《まめばたけ》へはひってしまった。ぼくらも何だか気の毒なやうな、をかしながらんとした気持ちになった。そこで、一人づつ木からはね下りて、河原に泳ぎついて、魚を手拭《てぬぐひ》につつんだり、手にもったりして、家《うち》に帰った。

八月十四日

しゅっこは、今日は、毒もみの丹礬《たんぱん》をもって来た。あのトラホームの眼のふちを擦《こす》る青い石だ。あれを五かけ、紙に包んで持って来て、ぼくをさそった。巡査に押へられるよと云ったら、田から流れて来たと云へばいいと云った。けれども毒もみは卑怯《ひけふ》だから、ぼくは厭《いや》だと答へたら、しゅっこは少し顔いろを変へて、卑怯でないよ、みみずなんかで、だまして取るよりいゝと云って、あとはあんまり、ぼくとは口を利かなかった。その代りしゅっこは、そこら中を、一軒ごとにさそって歩いて、いいことをして見せるからあつまれと云って、まるで小さなこどもらまで、たくさん集めた。

ぼくらは、蟬《せみ》が雨のやうに鳴いてゐるいつもの松林を通って、それから、祭のときの瓦斯《ガス》のやうな匂《にほひ》のむっとする、ねむの河原を急いで抜けて、いつものさいかち淵《ぶち》に行った。今日なら、もうほんたうに立派な雲の峰が、東でむくむく盛りあがり、みみづくの頭の形をした鳥《てう》ヶ森《もり》も、ぎらぎら青く光って見えた。しゅっこが、あんまり急いで行くもんだから、小さな子どもらは、追ひつくために、まるで半分馳《か》けた。みんな急いで着物をぬいで、淵の岸に立つと、しゅっこが云った。

「ちゃんと一列にならべ。いいか。魚浮いて来たら、泳いで行ってとれ。とった位与《や》るぞ。いいか。」

小さなこどもらは、よろこんで顔を赤くして、押しあったりしながら、ぞろっと淵を囲んだ。ぺ吉だの三四人は、もう泳いで、さいかちの木の下まで行って待ってゐた。

しゅっこが、大威張りで、あの青いたんぱんを、淵の中に投げ込んだ。それから、みんなしぃんとして、水をみつめて立ってゐた。ぼくは、からだが上流《かみ》の方へ動いてゐるやうな気持ちになるのがいやなので、水を見ないで、向ふの雲の峰の上を通る黒い鳥を見てゐた。ところがそれからよほどたっても、魚は浮いて来なかった。しゅっこは大へんまじめな顔で、きちんと立って水を見てゐた。昨日発破《はっぱ》をかけたときなら、もう十疋《ぴき》もとってゐたんだと、ぼくは思った。またずゐぶんしばらくみんなしぃんとして待った。けれどもやっぱり、魚は一ぴきも浮いて来なかった。

「さっぱり魚、浮ばないよ。」三郎が叫んだ。しゅっこはびくっとしたけれども、また一しんに水を見てゐた。

「魚さっぱり浮ばなぃよ。」ぺ吉が、また向ふの木の下で云った。するともう子どもらは、がやがや云ひ出して、みんな水に飛び込んでしまった。

しゅっこは、しばらくきまり悪さうに、しゃがんで水を見てゐたけれど、たうとう立って、「鬼っこしないか。」と云った。

「する、する。」みんなは叫んで、じゃんけんをするために、水の中から手を出した。泳いでゐたものは、急いでせいの立つところまで行って手を出した。しゅっこが、ぼくにもはひらないかと云ったから、もちろんぼくは、はじめから怒ってゐたのでもないし、すぐ手を出した。しゅっこは、はじめに、昨日あの変な鼻の尖《とが》った人の上《のぼ》って行った崖《がけ》の下の、青いぬるぬるした粘土のところを根っこにきめた。そこに取りついてゐれば、鬼は押へることができない。それから、はさみ無しの一人まけかちで、じゃんけんをした。ところが、悦治はひとりはさみを出したので、みんなにうんとはやされたほかに鬼になった。悦治は、唇《くちびる》を紫いろにして、河原を走って、喜作を押へたもんだから、鬼は二人になった。それからぼくらは、砂っぱの上や淵を、あっちへ行ったり、こっちへ来たり、押へたり押へられたり、何べんも鬼っこをした。

しまひにたうとう、しゅっこ一人が鬼になった。しゅっこはまもなく吉郎《きちらう》をつかまへた。ぼくらはみんな、さいかちの木の下に居てそれを見てゐた。するとしゅっこが、吉郎、汝《おまい》、上流《かみ》から追って来い、追へ、追へ、と云ひながら、じぶんはだまって立って見てゐた。吉郎は、口をあいて手をひろげて、上流《かみ》から粘土の上を追って来た。みんなは淵へ飛び込む仕度をした。ぼくは楊《やなぎ》の木にのぼった。そのとき吉郎が、たぶんあの上流《かみ》の粘土が、足についてたためだったらう、みんなの前ですべってころんでしまった。みんなは、わあわあ叫んで、吉郎をはねこえたり、水に入ったりして、上流《かみ》の青い粘土の根に上《あが》ってしまった。

「しゅっこ、来《こ》。」三郎は立って、口を大きくあいて、手をひろげて、しゅっこをばかにした。するとしゅっこは、さっきからよっぽど怒ってゐたと見えて、

「ようし、見てろ。」と云ひながら、本気になって、ざぶんと水に飛び込んで、一生けん命、そっちの方へ泳いで行った。子どもらは、すっかり恐《こは》がってしまった。第一、その粘土のところはせまくて、みんながはひれなかったし、それに大へんつるつるすべる傾斜になってゐたものだから、下の方の四五人などは上の人につかまるやうにして、やっと川へすべり落ちるのをふせいでゐた。三郎だけが、いちばん上で落ち着いて、さあ、みんな、とか何とか相談らしいことをはじめた。みんなもそこで、頭をあつめて聞いてゐる。しゅっこは、ぼちゃぼちゃ、もう近くまで行ってゐた。みんなは、ひそひそはなしてゐる。するとしゅっこは、いきなり両手で、みんなへ水をかけ出した。みんながばたばた防いでゐたら、だんだん粘土がすべって来て、なんだかすこうし下へずれたやうになった。しゅっこはよろこんで、いよいよ水をはねとばした。するとみんなは、ぼちゃんぼちゃんと一度に水にすべって落ちた。しゅっこは、それを片っぱしからつかまへた。三郎ひとり、上をまはって泳いで遁《に》げたら、

しゅっこはすぐに追ひ付いて、押へたほかに、腕をつかんで、四五へんぐるぐる引っぱりました。三郎は、水を呑《の》んだと見えて、霧をふいて、ごほごほむせて、泣くやうにしながら、「おいらもうやめた。こんな鬼っこもうしない。」と云った。子どもらはみんな砂利に上《あが》ってしまった。三郎もあがった。しゅっこは、そっと、あの青い石を投げたところをのぞきながら、さいかちの樹の下に立ってゐた。

ところが、そのときはもう、そらがいっぱいの黒い雲で、楊《やなぎ》も変に白っぽくなり、蟬《せみ》ががあがあ鳴いてゐて、そこらは何とも云はれない、恐ろしい景色にかはってゐた。

そのうちに、いきなり林の上のあたりで、雷が鳴り出した。と思ふと、まるで山つなみのやうな音がして、一ぺんに夕立がやって来た。風までひゅうひゅう吹きだした。淵《ふち》の水には、大きなぶちぶちがたくさんできて、水だか石だかわからなくなってしまった。河原にあがった子どもらは、着物をかかへて、みんなねむの木の下へ遁げこんだ。ぼくも木からおりて、しゅっこといっしょに、向ふの河原へ泳ぎだした。そのとき、あのねむの木の方かどこか、烈《はげ》しい雨のなかから、

「雨はざあざあ　ざっこざっこ、

風はしゅうしゅう　しゅっこしゅっこ。」

といふやうに叫んだものがあった。しゅっこは、泳ぎながら、まるであわてて、何かに足をひっぱられるやうにして遁げた。ぼくもじっさいこはかった。やうやく、みんなのゐるねむのはやしについたとき、しゅっこはがたがたふるへながら、

「いま叫《さか》んだのはおまへらだか。」ときいた。

「そでない、そでない。」みんなは一しょに叫んだ。ぺ吉がまた一人出て来て、

「そでない。」と云った。しゅっこは、気味悪さうに川のはうを見た。けれどもぼくは、みんなが叫んだのだとおもふ。

さるのこしかけ

楢夫《ならを》は夕方、裏の大きな栗《くり》の木の下に行きました。其《そ》の幹の、丁度楢夫の目位高い所に、白いきのこが三つできてゐました。まん中のは大きく、両がはの二つはずっと小さく、そして少し低いのでした。

楢夫は、じっとそれを眺《なが》めて、ひとりごとを言ひました。

「ははあ、これがさるのこしかけだ。けれどもこいつへ腰をかけるやうなやつなら、ずゐぶん小さな猿《さる》だ。そして、まん中にかけるのがきっと小猿の大将で、両わきにかけるのは、たゞの兵隊にちがひない。いくら小猿の大将が威張ったって、僕のにぎりこぶしの位もないのだ。どんな顔をしてゐるか、一ぺん見てやりたいもんだ。」

そしたら、きのこの上に、ひょっこり三足《びき》の小猿があらはれて腰掛けました。両やっぱり、まん中のは、大将の軍服で、小さいながら勲章も六つばかり提げてゐます。両わきの小猿は、あまり小さいので、肩章がよくわかりませんでした。

小猿の大将は、手帳のやうなものを出して、足を重ねてぶらぶらさせながら、楢夫に云《い》ひました。

「おまへが楢夫か。ふん。何歳になる。」

楢夫はばかばかしくなってしまひました。小さな小さな猿の癖に、軍服などを着て、手帳まで出して、人間をさも捕虜か何かのやうに扱ふのです。楢夫が申しました。

「何だい。小猿。もっと語《ことば》を丁寧にしないと僕は返事なんかしないぞ。」

小猿が顔をしかめて、どうも笑ったらしいのです。もう夕方になって、そんな小さな顔はよくわかりませんでした。

けれども小猿は、急いで手帳をしまって、今度は手を膝《ひざ》の上で組み合せながら云ひました。

「仲々強情な子供だ。俺《おれ》はもう六十になるんだぞ。そして陸軍大将だぞ。」

楢夫は怒ってしまひました。

「何だい。六十になっても、そんなにちひさいなら、もうさきの見込が無いやい。腰掛けのまゝ下へ落すぞ。」

小猿が又笑ったやうでした。どうも、大変、これが気にかゝりました。

けれども小猿は急にぶらぶらさせてゐた足をきちんとそろへておじぎをしました。そしていやに丁寧に云ひました。

「楢夫さん。いや、どうか怒らないで下さい。私はいゝ所へお連れしようと思って、あなたのお年までお尋ねしたのです。どうです。おいでになりませんか。いやになったらすぐお帰りになったらいゝでせう。」

家来の二疋の小猿も、一生けん命、眼をパチパチさせて、楢夫を案内するやうにまごころを見せましたので、楢夫も一寸《ちょっと》行って見たくなりました。なあに、いやになったら、すぐ帰るだけだ。

「うん。行ってもいゝ。しかしお前らはもう少し語《ことば》に気をつけないといかんぞ。」

小猿の大将は、むやみに沢山うなづきながら、腰掛けの上に立ちあがりました。

見ると、栗の木の三つのきのこの上に、三つの小さな入口ができてゐました。それから栗の木の根もとには、楢夫の入れる位の、四角な入口があります。小猿の大将は、自分の入口に一寸顔を入れて、それから振り向いて、楢夫に申しました。

「只今《ただいま》、電燈を点《つ》けますからどうかそこからおはひり下さい。入口は少し狭うございますが、中は大へん楽でございます。」

小猿は三疋、中にはひってしまひ、それと一緒に栗の木の中に、電燈がパッと点きました。

楢夫は、入口から、急いで這《は》ひ込みました。

栗の木なんて、まるで煙突のやうなものでした。十間置き位に、小さな電燈がついて、小さな小さなはしご段がまはりの壁にそって、どこまでも上の方に、のぼって行くのでした。

「さあさあ、こちらへおいで下さい。」小猿はもうどんどん上へ昇って行きます。楢夫は一ぺんに、段を百ばかりづゝ上って行きました。それでも、仲々、三疋には敵《かな》ひません。

楢夫はつかれて、はあはあしながら、云ひました。

「こゝはもう栗の木のてっぺんだらう。」

猿が、一度にきゃっきゃっ笑ひました。

「まあいゝからついておいでなさい。」

上を見ますと、電燈の列が、まっすぐにだんだん上って行って、しまひはもうあんまり小さく、一つ一つの灯が見わかず、一本の細い赤い線のやうに見えました。

小猿の大将は、楢夫《ならを》の少し参った様子を見ていかにも意地の悪い顔をして又申しました。

「さあも少し急ぐのです。ようございますか。私共に追ひついておいでなさい。」

楢夫が申しました。

「此処《ここ》へしるしを付けて行かう。うちへ帰る時、まごつくといけないから。」

猿が、一度に、きゃっきゃっ笑ひました。生意気にも、たゞの兵隊の小猿まで、笑ふのです。大将が、やっと笑ふのをやめて申しました。

「いや、お帰りになりたい時は、いつでもお送りいたします。決してご心配はありません。それより、まあ、駈《か》ける用意をなさい。こゝは最大急行で通らないといけません。」

楢夫も仕方なく、駈け足のしたくをしました。

「さあ、行きますぞ。一二の三。」小猿はもう駈け出しました。

楢夫も一生けん命、段をかけ上りました。実に小猿は速いのです。足音がぐわんぐわん響き電燈が矢の様に次から次と下の方へ行きました。もう楢夫は、息が切れて、苦しくて苦しくてたまりません。それでも、一生けん命、駈けあがりました。もう、走ってゐるかどうかもわからない位です。突然眼の前がパッと青白くなりました。そして、楢夫は、眩《まぶ》しいひるまの草原の中に飛び出しました。そして草に足をからまれてばったり倒れました。そこは林に囲まれた小さな明地《あきち》で、小猿は緑の草の上を、列《なら》んでだんだんゆるやかに、三べんばかり廻ってから、楢夫のそばへやって来ました。大将が鼻をちゞめて云ひました。

「あゝひどかった。あなたもお疲れでせう。もう大丈夫です。これからはこんな切ないことはありません。」

楢夫が息をはずませながら、やうやく起き上って云ひました。

「こゝはどこだい。そして、今頃《いまごろ》お日さまがあんな空のまん中にお出《い》でになるなんて、をかしいぢゃないか。」

大将が申しました。

「いや、ご心配ありません。こゝは種山《たねやま》ヶ原《はら》です。」

楢夫がびっくりしました。

「種山ヶ原？　とんでもない処へ来たな。すぐうちへ帰れるかい。」

「帰れますとも。今度は下りですから訳ありません。」

「さうか。」と云ひながら楢夫はそこらを見ましたが、もう今やって来たトンネルの出口はなく、却《かへ》って、向ふの木のかげや、草のしげみのうしろで、沢山の小猿が、きょろきょろこっちをのぞいてゐるのです。

大将が、小さな剣をキラリと抜いて、号令をかけました。

「集れっ。」

小猿が、バラバラ、その辺から出て来て、草原一杯もちゃもちゃはせ廻り、間もなく四つの長い列をつくりました。大将についてゐた二疋も、その中にまじりました。大将はからだを曲げるくらゐ一生けん命に号令をかけました。

「気を付けっ」「右いおい。」「なほれっ。」「番号。」実にみんなうまくやります。

楢夫は愕《おどろ》いてそれを見ました。大将が楢夫の前に来て、まっすぐに立って申しました。

「演習をこれからやります。終りっ。」

楢夫はすっかり面白くなって、自分も立ちあがりましたが、どうも余りせいが高過ぎて、調子が変なので、又座って云ひました。

「宜《よろ》しい。演習はじめっ。」

小猿の大将がみんなへ云ひました。

「これから演習をはじめる。今日は参観者もあるのだから、殊に注意しないといけない。左向けの時、右向けをした者、前へ進めを右足からはじめた者、かけ足の号令で腰に手をあげない者、みんな後で三つづつせ中をつねる。いゝか。わかったか。八番。」

八番の小猿が云ひました。

「判《わか》りました。」

「よろしい。」大将は云ひながら三歩ばかり後ろに退いて、だしぬけに号令をかけました。

「突貫」

楢夫は愕いてしまひました。こんな乱暴な演習は、今まで見たこともありません。それ所ではなく、小猿がみんな歯をむいて楢夫に走って来て、みんな小さな綱を出して、すばやくきりきり身体《からだ》中を縛ってしまひました。楢夫は余程撲《なぐ》ってやらうと思ひましたが、あんまりみんな小さいので、じっと我慢をして居ました。

みんなは縛ってしまふと、互に手をとりあって、きゃっきゃっ笑ひました。

大将が、向ふで、腹をかゝへて笑ひながら、剣をかざして、

「胴上げい、用意っ。」といひました。

楢夫は、草の上に倒れながら、横目で見てゐますと、小猿は向ふで、みんな六疋位づつ、高い高い肩車をこしらへて、塔のやうになり、それがあっちからもこっちからも集って、たうとう小猿の林のやうなものができてしまひました。

それが、ずんずん、楢夫に進んで来て、沢山の手を出し、楢夫を上に引っ張りあげました。

楢夫は呆《あき》れて、小猿の列の上で、大将を見てゐました。

大将は、ますます得意になって、爪立《つまだ》てをして、力一杯延びあがりながら、号令をかけます。

「胴上げぃ、はじめっ。」

「よっしょい。よっしょい。よっしょい。」

もう、楢夫のからだは、林よりも高い位です。

「よっしょい。よっしょい。よっしょい。」

風が耳の処でひゅうと鳴り、下では小猿共が手をうようよしてゐるのが実に小さく見えます。

「よっしょい。よっしょい。よっしょい。」

ずうっと向ふで、河がきらりと光りました。

「落せっ。」「わあ。」と下で声がしますので見ると小猿共がもうちりぢりに四方に別れて林のへりにならんで草原をかこみ、楢夫の地べたに落ちて来るのを見ようとしてゐるのです。

楢夫はもう覚悟をきめて、向ふの川を、もう一ぺん見ました。その辺に楢夫の家があるのです。そして楢夫は、もう下に落ちかゝりました。

その時、下で、「危いっ。何をする」といふ大きな声がしました。見ると、茶色のばさばさの髪と巨《おほ》きな赤い顔が、こっちを見あげて、手を延ばしてゐるのです。

「あゝ山男だ。助かった。」と楢夫は思ひました。そして、楢夫は、忽《たちま》ち山男の手で受け留められて、草原におろされました。その草原は楢夫のうちの前の草原でした。栗の木があって、たしかに三つの猿のこしかけがついてゐました。そして誰《たれ》も居ません。もう夜です。

「楢夫。ごはんです。楢夫。」とうちの中でお母さんが叫んでゐます。

一九　晴天恣意【先駆形】

（水沢臨時緯度観測所にて）

一九二四、三、二五、

つめたくうららかな蒼穹のはて、
種山ヶ原の右肩のあたりに、
白く巨きな仏頂状の、
円錐体が立ちますと、
数字につかれたわたくしの眼は、
ひとたびそれを異の空間の、
秘密な塔とも愕きますが、

畢竟あれは
まばゆい霧の散乱体
希なる冬の積雲です、
とは云へそれは
誰にとってもそれだけだとも云へませぬ
あの天末の青らむま下
きららに氷と雪とを鎧ふ
古生山地の峯や尾根
盆地やすべての谷々には
おのおのにみな由緒ある樹や石塚があり
めいめい何か鬼神が棲むと伝へられ
もしもみだりにその樹を伐り
あるいは塚を畑にひらき
乃至はそこらであんまりひどくイリスの花をとりますと
さてもかういふ無風の日中

見掛けはしづかに盛りあげられた
あの玉髄の八雲のなかに
夢幻に人はつれ行かれ
見えない数個の手によって
かゞやくそらにまっさかさまにつるされて
鎗でづぶづぶ刺されたり
おしひしがれたりするのだと
さうあすこでは云ふのです。
さて天頂儀の蜘蛛線を
ひるの十四の星も截り、
わたくしの夏の恋人、
あの連星もしづかに過ぎると思はれる
そんなにうるほひかゞやく
碧瑠璃の天でありますので
いまやわたくしのまなこも冴え

熱した額もさめまして
ふたゝび暗いドアを排して
数字の前にまた身を屈するつもりです

三六八　種山《たねやま》ヶ原《はら》

一九二五、七、一九、

まっ青に朝日が融けて
この山上の野原には
濃艶な紫いろの
アイリスの花がいちめん
靴はもう露でぐしゃぐしゃ
図板のけいも青く流れる
ところがどうもわたくしは

みちをちがへてゐるらしい
ここには谷がある筈なのに
こんなうつくしい広っぱが
ぎらぎら光って出てきてゐる
山鳥のプロペラアが
三べんもつゞけて立った
さっきの霧のかかった尾根は
たしかに地図のこの尾根だ
溶け残ったパラフヰンの霧が
底によどんでゐた、谷は、
たしかに地図のこの谷なのに
こゝでは尾根が消えてゐる
どこからか葡萄のかをりがながれてくる
あゝ栗の花
向ふの青い草地のはてに

月光いろに盛りあがる
幾百本の年経た栗の梢から
風にとかされきれいなかげろふになって
いくすぢもいくすぢも
こゝらを東へ通ってゐるのだ

種山ヶ原

種山《たねやま》ヶ原《はら》といふのは北上《きたかみ》山地のまん中の高原で、青黒いつるつるの蛇紋岩《じゃもんがん》や、硬い橄欖岩《かんらんがん》からできてゐます。

高原のへりから、四方に出たいくつかの谷の底には、ほんの五六軒づつの部落があります。春になると、北上の河谷《かこく》のあちこちから、沢山の馬が連れて来られて、此《こ》の部落の人たちに預けられます。そして、上の野原に放されます。それも八月の末には、みんなめいめいの持主に戻ってしまふのです。なぜなら、九月には、もう原の草が枯れはじめ水霜が下りるのです。

放牧される四月《よつき》の間も、半分ぐらゐまでは原は霧や雲に鎖《とざ》されます。実にこの高原の続きこそは、東の海の側からと、西の方からとの風や湿気《しつき》のお定まりのぶっつかり場所でしたから、雲や雨や雷や霧は、いつでももうすぐ起って来るのでした。それですから、北上川の岸からこの高原の方へ行《ゆ》く旅人は、高原に近づくに従って、だんだんあちこちに雷神の碑を見るやうになります。その旅人と云《い》っても、馬を扱ふ人の外《ほか》は、薬屋か林務官、化石を探す学生、測量師など、ほんの僅《わづ》かなものでした。

今年も、もう空に、透き徹《とほ》った秋の粉が一面散り渡るやうになりました。雲がちぎれ、風が吹き、夏の休みももう明日だけです。

達二は、明後日から、また自分で作った小さな草鞋《わらぢ》をはいて、二つの谷を越えて、学校へ行くのです。

宿題もみんな済ましたし、蟹《かに》を捕ることも木炭《すみ》を焼く遊びも、もうみんな厭《あ》きてゐました。

達二は、家の前の檜《ひのき》によりかかって、考へました。

(あゝ。此の夏休み中で、一番面白かったのは、おぢいさんと一緒に上の原へ仔馬を連れに行ったのと、もう一つはどうしても剣舞《けんばひ》だ。鶏の黒い尾を飾った頭巾《づきん》をかぶり、あの昔からの赤い陣羽織を着た。それから硬い板を入れた袴《はかま》をはき、脚絆《きやはん》や草鞋をきりっとむすんで、種山剣舞連と大きく書いた沢山の提灯《ちやうちん》に囲まれて、みんなと町へ踊りに行ったのだ。ダー、ダー、ダースコ、ダー、ダー。踊ったぞ、踊ったぞ。町のまっ赤な門火の中で、刀をぎらぎらやらかしたんだ。楢夫《ならを》さんと一緒になった時などは、刀がほんたうにカチカチぶっつかった位だ。

ホウ、そら、やれ、
むかし　達谷《たつこく》の　悪路王《あくろわう》、
まっくらぁくらの二里の洞《ほら》、
渡るは　夢と　黒夜神《こくやじん》、
首は刻まれ　朱桶《しゆをけ》に埋もれ。

やったぞ。やったぞ。ダー、ダー、ダースコ、ダーダ、

青い　仮面《めん》この　こけおどし、
太刀《たち》を　浴びては　いっぷかぷ、
夜風の　底の　蜘蛛《くも》をどり、
胃袋ぅ　はいて　ぎったりぎたり。

ほう。まるで、……。)

「達二。居るが。達二。」達二のお母さんが家の中で呼びました。

「あん、居る。」達二は走って行きました。

「善い童《わらす》だはんてな、おぢぃさんど、兄《あい》など、上の原のすぐ上り口で、草刈ってるがら、弁当持って行って来《こ》。な。それがら牛も連れてって、草食《か》ぁせで来《こ》。な。兄《あい》ながら離れなよ。」

「あん、行《い》て来る。行て来る。今草鞋穿《わらぢは》ぐがら。」達二ははねあがりました。

お母さんは、曲げ物の二つの櫃《ひつ》と、達二の小さな弁当とをいくつか紙にくるんで、それをみんな一緒に大きな布の風呂敷《ふろしき》に包み込みました。そして、達二が支度をして包みを背負ってゐる間に、おっかさんは牛をうまやから追ひ出しました。

「そだら行って来ら。」と達二は牛を受け取って云ひました。

「気ぃ付けで行げ。上で兄《あい》ながら離れなよ。」

「あん。」達二は、垣根のそばから、楊《やなぎ》の枝を一本折り、青い皮をくるくる剝《は》いで鞭《むち》を拵《こしら》へ、静《しづか》に牛を追ひながら、上の原への路《みち》をだんだんのぼって行きました。

「ダーダー、スコ、ダーダー。」

夜の頭巾《づきん》は　鶏《とり》の黒尾、

月のあかりは………、

しっ、歩け、しっ。」

日がカンカン照ってゐました。それでもどこかその光に青い油の疲れたやうなものがありましたし、又、時々、冷たい風が紐《ひも》のやうにどこからか流れては来ましたが、まだ仲々暑いのでした。牛が度々立ち止まるので、達二は少し苛々《いらいら》しました。

「上さ行って好い草食へ。早ぐ歩げっ。しっ。馬鹿《ばか》だな。しっ。」

けれども牛は、美しい草を見る度に、頭を下げて、舌をべらりと廻して喰べました。

(牛の肉の中で一番上等が此《こ》の舌だといふのは可笑《をか》しい。涎《よだ》れで粘々《ねばねば》してる。おまけに黒い斑々《ぶちぶち》がある。歩け。こら。)

「歩げ。しっ。歩げ。」

空に少しばかりの、白い雲が出ました。そして、もう大分のぼってゐました。谷の部落がずっと下に見え、達二の家の木小屋の屋根が白く光ってゐます。

路が林の中に入り、達二はあの奇麗な泉まで来ました。まっ白の石灰岩から、ごぼごぼ冷たい水を噴き出すあの泉です。達二は汗を拭《ふ》いて、しゃがんで何べんも水を掬《すく》ってのみました。

牛は泉を飲まないで、却《かへ》って苔《こけ》の中のたまり水を、ピチャピチャ嘗《な》めました。

達二が牛と、又あるきはじめたとき、泉が何かを知らせる様に、ぐうっと鳴り、牛も低くうなりました。

「雨になるがも知れなぃな。」と達二は空を見て呟《つぶや》きました。

林の裾《すそ》の灌木《くわんぼく》の間を行ったり、岩片《いはかけ》の小さく崩れる所を何べんも通ったりして、達二はもう原の入口に近くなりました。

光ったり陰ったり、幾重にも畳む丘丘の向ふに、北上の野原が夢のやうに碧《あを》くまばゆく湛《たた》へてゐます。河が、春日《かすが》大明神の帯のやうに、きらきら銀色に輝いて流れました。

そして達二は、牛と、原の入口に着きました。大きな楢《なら》の木の下に、兄さんの縄で編んだ袋が投げ出され、沢山の草たばがあちこちにころがってゐました。

二匹の馬は、達二を見て、鼻をぷるぷる鳴らしました。

「兄《あい》な。居るが。兄な。来たぞ。」達二は汗を拭《ぬぐ》ひながら叫びました。

「おゝい。あゝい。其処《そこ》に居ろ。今行ぐぞ。」

ずうっと向ふの窪《くぼ》みで、達二の兄さんの声がしました。牛は沢山の草を見ても、格別嬉《うれ》しさうにもしませんでした。

陽《ひ》がぱっと明るくなり、兄さんがそっちの草の中から笑って出て来ました。

「善《ゆ》ぐ来たな。牛も連れで来たのが。弁当持つてが。善《ゆ》ぐ来た。今日ぁ午《ひる》まがらきっと曇る。俺《おら》もう少し草集めて仕舞《しむ》がらな、此処《ここ》らに居ろ。おぢいさん、今来る。」

兄さんは向ふへ行かうとして、振り向いて又云ひました。

「腹減ったら、弁当、先に喰べてろ。風呂敷《ふろしき》ば、あの馬さ結付けで置げ。午まになったら又来るがら。」

「うん。此処《ここ》に居る。」

そして達二の兄さんは、行ってしまひました。空にはうすい雲がすっかりかゝり、太陽は白い鏡のやうになって、雲と反対に馳《は》せました。風が出て来て刈られない草は一面に波を立てます。

どうしたのか、牛が俄《には》かに北の方へ馳せ出しました。達二はびっくりして、一生懸命追ひかけながら、兄の方に振り向いて叫びました。

「牛ぁ逃げる。牛ぁ逃げる。兄《あい》な。牛ぁ逃げる。」

せいの高い草を分けて、どんどん牛が走りました。達二はどこ迄《まで》も夢中で追ひかけました。

そのうちに、足が何だか硬張《こはば》って来て、自分で走ってゐるのかどうか判《わか》らなくなってしまひました。それからまはりがまっ蒼《さを》になって、ぐるぐる廻り、たうとう達二は、深い草の中に倒れてしまひました。牛の白い斑《ぶち》が終りにちらっと見えました。

達二は、仰向《あふむ》けになって空を見ました。空がまっ白に光って、ぐるぐる廻り、そのこちらを薄い鼠《ねずみ》色の雲が、速く速く走ってゐます。そしてカンカン鳴ってゐます。

達二はやっと起き上って、せかせか息しながら、牛の行った方に歩き出しました。草の中には、牛が通った痕《あと》らしく、かすかな路のやうなものがありました。達二は笑ひました。そして、

（ふん。なあに、何処《どこ》かで、のっこり立ってるさ。）と思ひました。

そこで達二は、一生懸命それを跡《つ》けて行きました。ところがその路のやうなものは、まだ百歩も行かないうちに、をとこへしや、すてきに背高の薊《あざみ》の中で、二つにも三つにも分れてしまって、どれがどれやら一向わからなくなってしまひました。達二は思ひ切って、そのまん中のを進みました。けれどもそれも、時々断《き》れたり、牛の歩かないやうな急な所を横様《よこざま》に過ぎたりするのでした。それでも達二は、

（なあに、向ふの方の草の中で、牛はこっち向いて、だまって立ってるさ。）と思ひながら、ずんずん進んで行きました。

空はたいへん暗く重くなり、まはりがぼうっと霞《かす》んで来ました。冷たい風が、草を渡りはじめ、もう雲や霧が、切れ切れになって眼の前をぐんぐん通り過ぎて行きました。

(あゝ、こいつは悪くなって来た。みんな悪いことはこれから集《たか》ってやって来るのだ。)と達二は思ひました。全くその通り、俄《にはか》に牛の通った痕は、草の中で無くなってしまひました。

(あゝ、悪くなった、悪くなった。)達二は胸をどきどきさせました。

草がからだを曲げて、パチパチ云ったり、さらさら鳴ったりしました。霧が殊に滋《しげ》くなって、着物はすっかりしめってしまひました。

達二は咽喉《のど》一杯叫びました。

「兄《あい》な。兄な。牛ぁ逃げだ。兄な。兄な。」

何の返事も聞えません。黒板から降る白墨の粉のやうな、暗い冷たい霧の粒が、そこら一面踊りまはり、あたりが俄にシインとして、陰気に陰気になりました。草からは、もう雫《しづく》の音がポタリポタリと聞えて来ます。

達二は早く、おぢいさんの所へ戻らうとして急いで引っ返しました。けれどもどうも、それは前に来た所とは違ってゐたやうでした。第一、薊《あざみ》があんまり沢山ありましたし、それに草の底にさっき無かった岩かけが、度々ころがってゐました。そしてたうとう聞いたことも

ない大きな谷が、いきなり眼の前に現はれました。すゝきが、ざわざわざわっと鳴り、向ふの方は底知れずの谷のやうに、霧の中に消えてゐるではありませんか。

風が来ると、芒《すすき》の穂は細い沢山の手を一ぱいのばして、忙《せは》しく振って、

「あ、西さん、あ、東さん。あ西さん。あ南さん。あ、西さん。」なんて云ってゐる様でした。

達二はあんまり見っともなかったので、目を瞑《つぶ》って横を向きました。そして急いで引っ返しました。小さな黒い道が、いきなり草の中に出て来ました。それは沢山の馬の蹄《ひづめ》の痕で出来上ってゐたのです。達二は、夢中で、短い笑ひ声をあげて、その道をぐんぐん歩きました。

けれども、たよりのないことは、みちのはゞが五寸ぐらゐになったり、又三尺ぐらゐに変ったり、おまけに何だかぐるっと廻ってゐるやうに思はれました。そして、たうとう、大きなてっぺんの焼けた栗《くり》の木の前まで来た時、ぼんやり幾つにも岐《わか》れてしまひました。

其処《そこ》は多分は、野馬の集まり場所であったでせう、霧の中に円い広場のやうに見えたのです。

達二はがっかりして、黒い道を又戻りはじめました。知らない草穂《くさぼ》が静かにゆらぎ、少し強い風が来る時は、どこかで何かが合図をしてでも居るやうに、一面の草が、それ来たっと

みなからだを伏せて避けました。

　空が光ってキインキインと鳴ってゐます。それからすぐ眼の前の霧の中に、家の形の大きな黒いものがあらはれました。達二はしばらく自分の眼を疑って立ちどまってゐましたが、やはりどうしても家らしかったので、こはごはもっと近寄って見ますと、それは冷たい大きな黒い岩でした。

　空がくるくるくるっと白く揺らぎ、草がバラッと一度に雫《しづく》を払ひました。

（間違って原を向ふ側へ下りれば、もうおらは死ぬばかりだ）と達二は、半分思ふ様に半分つぶやくやうにしました。それから叫びました。

「兄《あい》な、兄な、居るが。兄な。」

　又明るくなりました。草がみな一斉に悦《よろこ》びの息をします。

「伊佐戸《いさど》の町の、電気工夫の童《わらす》ぁ、山男に手足ぃ縛らへてたふうだ。」といつか誰《たれ》かの話した語《ことば》が、はっきり耳に聞えて来ます。

　そして、黒い路が、俄《にはか》に消えてしまひました。あたりがほんのしばらくしいんとなりました。それから非常に強い風が吹いて来ました。

　空が旗のやうにぱたぱた光って翻へり、火花がパチパチパチッと燃えました。

達二はいつか、草に倒れてゐました。

そんなことはみんなぼんやりしたもやの中の出来事のやうでした。牛が逃げたなんて、やはり夢だかなんだかわかりませんでした。風だって一体吹いてゐたのでせうか。

達二はみんなと一緒に、たそがれの県道を歩いてゐたのです。

橙色《だいだい》の月が、来た方の山からしづかに登りました。伊佐戸の町で燃す火が、赤くゆらいでゐます。

「さあ、みんな支度はいゝが。」誰《たれ》かが叫びました。

達二はすっかり太い白いたすきを掛けてしまって、地面をどんどん踏みました。楢夫《ならを》さんが空に向って叫んだのでした。

「ダー、ダー、ダー、ダー、ダースコダーダー。」それから、大人が太鼓を撃ちました。

達二は刀を抜いてはね上りました。

「ダー、ダー、ダー、ダー。ダー、スコ、ダーダー。」

「危なぃ。誰だ、刀抜いだのは。まだ町さも来なぃに早ぁぢゃ。」怪物の青仮面《あをめん》をかぶった清介《せいすけ》が威張って叫んでゐます。赤い提灯《ちやうちん》が沢山点《とも》され、達二の兄さんが提灯を持って来て達二と並んで歩きました。兄さんの足が、寒天のやうで、夢のやうな色で、無暗《むやみ》に長いのでし

た。

「ダー、ダー、ダー、ダー。ダー、スコ、ダーダー。」

町はづれの町長のうちでは、まだ門火を燃して居ませんでした。その水松樹《いちゐ》の垣に囲まれた、暗い庭さきにみんな這入《はひ》って行きました。

小さな奇麗な子供らが出て来て、笑って見ました。いよいよ大人が本気にやり出したのです。

「ホウ、そら、遣《や》れ。ダー、ダー、ダー、ダー。ダー、スコ、ダーダー。」「ドドーン　ドドーン。」

「夜風さかまき　ひのきはみだれ、
月は射そゝぐ　銀の矢なみ、
打つも果てるも　一つのいのち、
太刀《たあち》の軋《きし》りの　消えぬひま。ホッ、ホ、ホッ、ホウ。」

刀が青くぎらぎら光りました。梨《なし》の木の葉が月光にせはしく動いてゐます。

「ダー、ダー、スコ、ダーダー、ド、ドーン、ド、ドーン。太刀はいなづま　すゝきのさやぎ、燃えて……」

組は二つに分れ、剣がカチカチ云ひます。青仮面《あをめん》が出て来て、溺死《いつぷかつぷ》する時のやうな格好《かくかう》で一生懸命跳ね廻ります。子供らが泣き出しました。達二は笑ひました。月が俄《には》かに意地悪い片眼になりました。それから銀の盃《さかづき》のやうに白くなって、消えてしまひました。

(先生の声がする。さうだ。もう学校が始まってゐるのだ。)と達二は思ひました。

そこは教室でした。先生が何だか少し瘠《や》せたやうです。

「みなさん。楽しい夏の休みももう過ぎました。これからは気持ちのいゝ秋です。一年中、一番、勉強にいゝ時です。みなさんはあしたから、又しっかり勉強をするのです。どなたも宿題はして来たでせうね。今日持って来た方は手をあげて。」

達二と楢夫さんと、たった二人でした。

「明日は忘れないでみなさん持って来るのですよ。もし、ぜんたい、してしまはなかった人があっても、やはりその儘《まま》、持って来るのです。すっかりしてしまはなかった人は手をあげて。」

誰も上げません。

「さうです。皆さんは立派な生徒です。休み中、みなさんは何をしましたか。そのうちで一番面白かったことは何ですか。達二さん。」

「おぢいさんと仔馬を集めに行ったときです。」

「よろしい。大へん結構です。楢夫《ならを》さん。あなたはお休みの間に、何が一番楽しかったのですか。」

「剣舞《けんばひ》です。」

「剣舞をあなたは踊ったのですか。」

「さうです。」

「どこでですか。」

「伊佐戸《いさど》やあちこちです。」

「さうですか。まあよろしい。お座りなさい。みなさん。外にも剣舞に出た人はありますか。」

「先生、私も出ました。」

「先生、私も出ました。」

「達二さんも、さうですか。よろしい。みなさん。剣舞は決して悪いことではありません。けれども、勿論《もちろん》みなさんの中にそんな方はないでせうが、それでお銭《あし》を貰《もら》ったりしてはなりません。みなさんは、立派な生徒ですから。」

「先生。私はお銭を貰ひません。」

「よろしい。さうです。それから……。」

達二は、眼を開きました。みんな夢でした。冷たい霧や雫《しづく》が額に落ちました。空は霧で一杯で、なんにも見えません。俄《には》かに明るくなったり暗くなったりします。一本のつりがねさうが、身体《からだ》を屈《かが》めて、達二をいたはりました。

そして達二は又うとうとしました。そこで霧が生温《なまぬる》い湯のやうになったのです。可愛らしい女の子が達二を呼びました。

「おいでなさい。いゝものをあげませう。そら。干した苹果《りんご》ですよ。」

「ありがど、あなたはどなた。」

「わたし誰でもないわ。一緒に向ふへ行って遊びませう。あなた驢馬《ろば》を有《も》ってゐて。」

「驢馬は持ってません。只《ただ》の仔馬ならあります。」

「只の仔馬は大きくて駄目《だめ》だわ。」

「そんなら、あなたは小鳥は嫌ひですか。」

「小鳥。わたし大好きよ。」

「あげませう。私はひはを有ってゐます。ひはを一疋《ぴき》あげませうか。」

「え丶、欲しいわ。」

「あげませう。私今持って来ます。」

「え丶、早くよ。」

達二は、一生懸命、うちへ走りました。美しい緑色の野原や、小さな流れを、一心に走りました。野原は何だかもくもくして、ゴムのやうでした。

達二のうちは、いつか野原のまん中に建ってゐます。急いで籠《かご》を開けて、小鳥を、そっとつかみました。そして引っ返さうとしましたら、

「達二、どこさ行く。」と達二のおっかさんが云ひました。

「すぐ来るがら。」と云ひながら達二は鳥を見ましたら、鳥はいつか、萌黄《もえぎ》色の生菓子に変ってゐました。やっぱり夢でした。

風が吹き、空が暗くて銀色です。

「伊佐戸《いさど》の町の電気工夫のむすこぁ、ふら、ふら、ふら、ふら、ふら、」とどこかで云ってゐます。

それからしばらく空がミインミインと鳴りました。達二は又うとうとしました。

山男が楢《なら》の木のうしろからまっ赤な顔を一寸《ちよつと》出しました。

（なに怖いことがあるもんか。）

「こりゃ、山男。出はって来《こ》。切ってしまふぞ。」達二は脇差《わきざ》しを抜いて身構へしました。

山男がすっかり怖がって、草の上を四つん這《ば》ひになってやって来ます。髪が風にさらさら鳴ります。

「どうか御免御免《ごめごめ》。何《な》じょなことでも為《さ》んす。」

「うん。そんだら許してやる。蟹《かに》を百足捕って来《こ》。」

「ふう。蟹を百足。それ丈《だ》けでようがすかな。」

「それがら兎《うさぎ》を百足捕って来《こ》。」

「ふう。殺して来てもようがすか。」

「うんにゃ。わがんないゝ。生ぎだのだ。」

「ふうふう。かしこまた。」

油断をしてゐるうちに、達二はいきなり山男に足を捉《つか》まれて倒されました。山男は達二を組み敷いて、刀を取り上げてしまひました。

「小僧。さあ、来《こ》。これから俺《お》れの家来だ。来う。この刀はいゝ刀だな。実に焼きをよぐかげである。」

「ばか。奴《うな》の家来になど、ならなぃ。殺さば殺せ。」

「仲々づ太ぃやづだ。来《こ》ったら来《こ》う。」

「行がない。」

「ようし、そんだらさらって行ぐ。」

山男は達二を小脇《こわき》にかゝへました。達二は、素早く刀を取り返して、山男の横腹をズブリと刺しました。山男はばたばた跳ね廻って、白い泡を沢山吐いて、死んでしまひました。

急にまっ暗になって、雷が烈《はげ》しく鳴り出しました。

そして達二は又眼を開きました。

灰色の霧が速く速く飛んでゐます。そして、牛が、すぐ眼の前に、のっそりと立ってゐたのです。その眼は達二を怖《おそ》れて、横の方を向いてゐました。達二は叫びました。

「あ、居だが。馬鹿だな。奴《うな》は。さ、歩《あ》べ。」

雷と風の音との中から、微《かす》かに兄さんの声が聞えました。

「おゝい。達二。居るが。達二。達二。」

達二はよろこんでとびあがりました。

「おゝい。居る、居る。兄《あい》なぁ。おゝい。」

達二は、牛の手綱をその首から解いて、引きはじめました。そして達二の兄さんが、とつぜん、眼の前に立ちました。達二はしがみ付きました。

黒い路が又ひょっくり草の中にあらはれました。

「探《さが》したぞ。こんたな処《どご》まで来て。何《な》して黙って彼処《あそご》に居なぃがった。おぢいさん、うんと心配してるぞ。さ、早く歩《あ》べ。」

「牛ぁ逃げだだも。」

「牛ぁ逃げだ。はあ、さうが。何にびっくりしたたがな。すっかりぬれだな。さあ、俺《おら》のけら着ろ。」

「一向寒ぐなぃ。兄《あい》なのなは大きくて引き擦《ず》るがらわがんなぃ。」

「さうが。よしよし。まづ歩《あ》べ。おぢいさん、火たいで待ってるがらな。」

緩《ゆる》い傾斜を、二つ程昇り降りしました。それから、黒い大きな路について、暫《しば》らく歩きました。

稲光が二度ばかり、かすかに白くひらめきました。草を焼く匂《にほひ》がして、霧の中を煙がほっと流れてゐます。

達二の兄さんが叫びました。

「おぢいさん。居だ、居だ。達二ぁ居だ。」

おぢいさんは霧の中に立ってゐて、

「あゝさうが。心配した、心配した。あゝ好《え》がった。おゝ達二。寒がべぁ、さあ入れ。」と云ひました。

半分に焼けた大きな栗の木の根もとに、草で作った小さな囲ひがあって、チョロチョロ赤い火が燃えてゐました。

兄さんは牛を楢《なら》の木につなぎました。

馬もひひんと鳴いてゐます。

「おゝむぞやな。な。何ぼが泣いだがな。さあさあ団子たべろ。食べろ。な。今こっちを焼ぐがらな。全体何処《どこ》迄《まで》行ってだった。」

「笹長根《ささながね》の下《お》り口だ。」と兄が答へました。

「危ぃがった。危ぃがった。向ふさ降りだらそれっ切りだったぞ。さあ達二。団子喰べろ。ふん。まるっきり馬こみだぃに食ってる。さあさあ、こいづも食べろ。」

「おぢいさん。今のうぢに草片附げで来るべが。」と達二の兄さんが云ひました。

まで行って見で来た。はあ、まんつ好がった。雨も晴れる。」

「うんにゃ。も少し待で。又すぐ晴れる。おらも弁当食ふべ。あゝ心配した。俺《おら》も虎《とら》こ山の下まで行って見で来た。はあ、まんつ好《え》がった。雨も晴れる。」

「今朝ほんとに天気好《え》がったのにな。」

「うん。又好《ゆ》ぐなるさ。あ、雨漏って来た。草少し屋根さかぶせろ。」

兄さんが出て行きました。天井がガサガサガサガサガサ云ひます。おぢいさんが、笑ひながらそれを見上げました。

兄さんが又はひって来ました。

「おぢいさん。明るぐなった。雨あ霽《は》れだ。」

「うんうん。さうが。さあ弁当食ってで草片附げべ。達二。弁当食べろ。」

霧がふっと切れました。陽の光がさっと流れて入りました。その太陽は、少し西の方に寄ってかかり、幾片かの蠟《らふ》のやうな霧が、逃げおくれて仕方なしに光りました。

草からは雫《しづく》がきらきら落ち、総《すべ》ての葉も茎も花も、今年の終りの陽の光を吸ってゐます。

はるかの北上の碧《あを》い野原は、今泣きやんだやうにまぶしく笑ひ、向ふの栗の木は、青い後光を放ちました。

種山ヶ原の夜

時、一九二四年九月二日払暁近く
場処、岩手県種山ヶ原
人物、伊藤《いとう》　奎一《けいいち》　十九歳
　　日雇草刈一、
　　日雇草刈二、
　　放牧地見廻人
（夢幻中）

林務官
楢《なら》樹霊一、
楢樹霊二、
樺《かば》樹霊
柏《かしは》樹霊

雷神

幕があく
舞台は夜の暗黒、中央に形ばかりの草小屋、屋根を楢の木の幹にくっつけたのに過ぎない。小い焚火《たきび》、伊藤奎一、日雇草刈一、二、放牧地見廻人、火を囲んで座る。見廻人はけらを被《かぶ》ってまだ睡《ねむ》ってゐる。
芒《すすき》、をとこへしなどの草、丈高く、遥かに風の音、すべて北上《きたかみ》山地海抜八百米《メートル》の、霧往来する払暁近くを暗示する。
伊藤（暫《しば》らく遠い風の音を聞いた後）
「又《まだ》少し風の方向《むぎ》ぁ、変ったやうだな。晴れるべが。」

日雇一「なぁに、あでにならなぃだんす。夜明げ近ぐづもな、風もぶらぶらど行ったり来たりするもんだもす。」
伊藤「とにかぐずゐぶん寒ぐなた。」
日雇二「した、霽《は》れるがもしれなぃぢゃぃ。斯《か》う寒ぐなて、風も西に変れば。」
日雇一「なあに、あでにならなぃだぢゃ、昨日の日暮れ方の虹《にじ》も灰いろだたしさ。」
伊藤「ほに朝《あさ》虹くらくて夕虹明りば霽れるて云《い》ふんだな。」
日雇一「まんつさう云ふんだなす」
伊藤「降るたっては高で知れだもんだな。」
日雇一「そだんす、まぁんつ、夜ぁ明げで、もやだんだに融《と》げで、お日さん出はて、草ぁ、ぎんがめたら、その時ぁ、目っ付《け》もんだど思ぁないやなぃんす。」
伊藤「霽《は》れるさぃすだれば、朝飯前に、笹長根《ささながね》の入り口まで大丈夫だな。」
日雇二「はあ、（草刈一に）汝家《うなえ》がら喜助あ来るが。」
草刈一「来るてさ、喜助も嘉《か》っこも来る。昨日朝も来るだがてばだばだたたんとも、陸稲《をかぼ》の草除《と》らなぃやなくてさ。」
草刈二「そいでぁは、少しばり降っても大丈夫だ。」

（やゝ間、右手でつつどりの声）
草刈二、一「なんでぁ、ねぼけ鳩《ばと》ぁ、いまころ。」
伊藤「火見で飛んで来たのだべが。」
草刈二「きっともてそだな。だぁ。」（鳥の遁《に》げる音、見廻人に）
伊藤「ぢゃ、ゆべながらぐっさり睡《ねむ》ってらな。小林区《せうりんく》さかざって歩てくたびれだべも。」
草刈一「小林区の菊池さん歩ぐ人だもな、なぢょな崖《がんけ》でも別段せぐでもなし、手こふるますて、さっさっさっさど歩ぐもな。」
草刈二「この春なぃ。おれ、あの伊手堺《いでざかひ》の官民地の境堺案内して歩たもな。すたればやっぱり早いんだな。おれも荷物もはしょてらたんとも、息つゞがなぐなて、笹《ささ》の葉ことって口さあでだもな。すたれば小林区ぁおれのごとふり見で笑ってよ。笑へだぢゃ。」
伊藤「あの人笹戸《ささど》のどご払へ下げで呉《け》べが。」
草刈一「さあ、あそご払へ下げで呉《け》るんだいばは橇道《そりみち》もあるす、今年の冬は楽だ。」
草刈二「木炭《すみ》も下たふだな。」
草刈一「うん、なんとが頼んで笹戸払ひ下げでもらないやなぢゃ。」
草刈二「ほにさ、前の斉藤《さいとう》さんだいべは好がたな。濁り酒のませるづど、よろごんできったきったど呑《の》んであどぁこっちの云ふやうにしてけだたともな。」
伊藤（睡《ねむ》さうにうたふ）
「ばるこく　ばららげ　ぶらんど
ぶらんどぶらんど
らあめてぃんぐりかるらっかんの
さんのさんのさんの
らあめてぃんぐりらめっさんの
かんのかんのかんの
だるだるぴぃとろ　だるだるぴいろ
ただしいねがひはまことのちから
すすめすすめ　すすめやぶれかてよ」
（つつどり又啼《な》く）
草刈二「又来たな、鳩《はと》ぁ、火に迷て、寝れなぃのだな。」
草刈一「やっぱり人懐がしのさ。」
草刈二「人でも鳥でも同じだな。」

（鳩しきりに啼く。羽音、去る）

伊藤（口笛で後の種山ヶ原の譜を吹く）

草刈一「ずゐぶん暗い晩げだな、この霧ぁよっぽど深ぃがべもや。」

草刈二「馬こもみんな今頃《いまごろ》ぁ、家さ行ぎ着《つい》だな。」

草刈一「今年ぁ好《ゆ》ぐ一疋《ぴき》も見なぐなたのもなぃがったな。」

草刈二「うん、一昨年《をとどし》な、汝《うな》ぁ、あの時、居だたが、あの夕日山の方さ出はて、怪我《けが》してらた馬こよ、サラアブレッドでな。いゝ馬だったば、一生不具だな。」

草刈一「あの馬ぁ、先どな、おら見だぢゃい。」

草刈二「どごで、どごでよ、どごに居だであ、あの馬こぁ。」

草刈一「六原《ろくはら》でよ。」

草刈二「何してら、何してらだぃ、あの馬こ。」

草刈一「やっぱり少しびっこでな、農馬よ、肥料の車牽《ひ》っぱてらけぁ」

草刈二「むぞやなな、やっぱり仕方なぃんだもな。」

（間、遥かの風の音の中からかすかな馬の鼻を鳴らすやうな声が聞える。草刈一、二、均《ひと》しく耳をそばだてる。音また聞える。）

草刈一「馬だ。」

草刈二「奇体だな、どごの馬だべ、いまごろ一疋も居だ筈《はず》ぁないぢゃな。」

草刈二（見廻人を起す）「ぢゃ、起ぎろ、馬居だ、起ぎろ。」

見廻人（はね起きる、しばらくきき耳を立てる。）「馬だが。」

草刈一、二「そだよだぢゃぃ。迷って来たんだな。」（立つ）

見廻人「奇体だな、」（立つ）

伊藤「おら聴けないがたな。風が草の音だないがべが。」

見廻人「そだがもはすれない。山づもなゆぐいろいろの音こするもんだもや。」

（声又する）

三人（同時に）「あ、馬だ、ホウ、」（小屋を出る）「ホウ、ホウ、」（声がだんだん遠くなる、）

伊藤（独語）「なあに、馬の話してで、風馬の声に聞《けえ》だのだ。」（肱《ひぢ》をまげて横臥《わうぐわ》する。火がだんだん細く、舞台は次第に暗くなる。かすかな蟬《せみ》の鳴くやうな声、この音が全夢幻中を支配する。）

舞台は青びかりを含み、草木の配置は変って、夢の中のたよりない空間を表はす。

黒い影、何べんも何べんもそこらを擦過する。

林務官、白の夏服に傾斜儀を吊《つる》して、少し歪《ゆが》み、また偏った心持で、舞台奥手を走って過ぎる。

しばらくたって又右手から登場する。伊藤礼をする。去る。

又左手から出る。クリノメーターを用ゐる。

伊藤（呼び掛ける）「あのぅ、笹戸《ささど》のどごの払ひ下げ出願してもいがべすか。」

林務官「あゝ、いゝだらう。」

伊藤「許可になるべすか。」

林務官「おれにはわからないよ。」

伊藤「もし許可になるどしたら一棚何ぼぐらぃでいがべす。」

林務官「おれにはわからないよ。」

伊藤「一棚五円ぐらゐでいがべすか。」

林務官「おれにはわからないよ。」

伊藤「笹戸の長根下楢《なら》の木ばかりだたすか。」

林務官「楢の木だけぢゃなかったやうだよ。」

伊藤「柏《かしは》の木だのあったたもな。」

林務官「柏の木もあったやうだな。」
伊藤「さうすれば一棚五円では高価《たか》ぃな。」
林務官「お前は一体何を云ってるんだ。払ひ下げをするもしないも、何ともこっちでは云ってゐない。お前は少し山葡萄《やまぶだう》を食ひ過ぎたな。」（去る）
伊藤（考へる）「はでな、山葡萄食ふづど、酔んもんだったが、はでな。」
楢樹霊一、二、樺《かば》樹霊、柏樹霊、徐《しづ》かに登場、伊藤林務官を追って行かうとしてこれに遭《あ》ひ、愕《おどろ》いて佇立《ちよりつ》する。
伊藤「あゝびっくりした。汝《うな》どぁ楢の樹《き》だな。」
楢樹霊一「夜づもな鳩《はと》だの鷹《たか》だの睡《ねむ》るもんだもな。」
伊藤（考へる）「夜づもな鳩だの鷹だの睡るもんだづな何のごとだ。」
楢《なら》樹霊二「鳩だの鷹だの睡るもんだたていま夜だなぃがら仕方なぃがべ。」
伊藤「今夜だなぃど、そんだ、ほにな、何時頃だべ。」
樺《かば》樹霊（空を見る）「さうさな、お日さんの色ぁ、わすれぐさの花このやうだはんて、まんつ、十一時前だべが。」
伊藤（空を見る）「ほにな、お日さん蜜柑《みかん》色だな。なんたら今日のそら、変《ひよん》たに青黒くて深くて海みだぃだべ。」
柏《かしは》樹霊（空を見る）「雨あがりでさ。」
伊藤「ほにさ、昨日ぁ雨ぁ降ったたな、さうせば、今日は昨日のつづぎだたべが。」
柏樹霊「うん、いま、今日のひるまさ。」
伊藤「草刈りしてしまたたべが。」
樺樹霊（樹霊みなあざ哂《わら》ふ）「喜助だの嘉《か》ッコだの来てしてしまったけぁぢゃ。」
伊藤「すっかり了《をは》ったたな。まあんついがた。」
（風吹く、樹霊みなしきりに顫《ふる》へる。）
楢樹霊一「この風ぁ吹いで行ぐづどカムチャッカで鮭《さけ》ぁ取れるな。」
楢樹霊二「鮭づもな銀のこげら生《お》がってるな。」
樺樹霊「鮭のこげらずゐぶん堅いもんだぢゃい。」
柏樹霊「朝まだれば笹長根《ささながね》の上の雲ぁ、鮭のこげらよりもっと光るぢゃい。」
楢樹霊一「この風ぁ吹いで行ぐづどカムチャッカで鮭ぁとれる。」
伊藤（しづかに歩きながら）「何だが、うなどの話ぁ、わげわがらないぢゃい。さっぱりぼやっとして雲みだぃだぢゃぃ。」

楢樹霊二「あだりまへさ、こったに雲かがて来たもの。」
伊藤「ほにな、ずゐぶんもや深ぐなって来たな。お日さんもまん円こくて白い鏡みだいだ。」
樺樹霊「うん、お日さん円け銀の鏡だな、あの雲ぁまっ黒だ。ほう、お日さんの下走せる走せる。」
伊藤「まだ降るな、早ぐ草刈ってしまないやないゝ。」(樹霊みな笑ふ)
柏樹霊「喜助だの嘉《か》ッこだの来て、さきたすっかり了《をは》ったけぁぢゃい。」
伊藤「ほんとにそだたべが。何だがおりゃ忘れでしまたもや。」
柏樹霊「ほんとぁ、おら、知らないぢゃい。草など刈ったが刈らないが、ほんとはおらは知らないんぢゃい。ほう又お日さん出はた。」
樺樹霊(からだをゆすり俄《には》かに叫ぶ)
「もやかゞれば
お日さん　ぎんがぎんがの鏡」
楢樹霊一「まっ黒雲ぉ　来れば
お日さん　ぽっと消ぇる。」
楢樹霊二「まっ黒雲ぉ行げば天《あま》の岩戸」

柏樹霊「天の岩戸の夜は明げで
　日天そらにいでませば
　天津神《あまつかみ》　国津神
　穂を出す草は出し急ぎ
　花咲ぐ草は咲ぎ急ぐ」
伊藤「何だ、そいづぁ神楽《かぐら》だが。」
柏樹霊「何でもいがべぢゃ。うなだ、いづれ何さでも何どがかんどが名つけで一まどめにして引っ括《くくつ》て置ぐ気だもな。」
楢《なら》樹霊一「ばだらの神楽面白ぃな。」
柏樹霊「面白ぃな。こなぃださっぱり無ぐなたもな。」
楢樹霊「だぁれぁ、誰《だ》っても折角来てで、勝手次第なごどばかり祈ってぐんだもな。権現さんも踊るどごだなぃがべぢゃ。」
樺樹霊「権現さん悦《よろこ》ぶづどほんとに面白ぃな。口あんぎあんぎど開いで、風だの木っ葉だのぐるぐるど廻してはね歩ぐもな。」
伊藤「何だが汝等《うなど》の話ぁ夢みだぃだぢゃぃ。」

柏樹霊「あだり前よ、もやあったにかゞて来たもの。」
伊藤「そたなはなしも夢みだぃだ。さきたもおらそったなごと聞いだやうな気する。」
樺樹霊「はじめで聞でで、前にもあたたと思ふもんだもや、夢づもな。」
伊藤「さうせばいま夢が。奇体だな。全体おれぁ草刈ってしまったたべが。」
（樹霊一緒に高く笑ふ）
柏樹霊（ひやかすやうに）
「おらはおべだ、おぉらはおべだ。」
伊藤「おべだらどうが教へなぃが。ほんとにおら草刈ってしまったたが。」
柏樹霊「おらはおべだ、おぉらはおべだ、
草を刈ったが刈らなぃがも
笹戸《ささど》の長嶺《ながね》の根っこのあだり
払ひ下げるが下げなぃがも
おらはおべだおぉらはおべだ。」
伊藤「笹戸の長嶺の根っこのあだりたら、払ひ下げが。払ひ下げるづが。どうが教へなぃが。」

柏樹霊「おらはおべだ、おぉらはおべだ、
　　なんぼおべでもうっかり教へなぃ。」

伊藤「どうが教へろ。なぢょにせば教へる。」

柏樹霊「おらは教へなぃ、うっかり教へなぃ。」

伊藤「いゝぢゃ、そだら、教へらへなくても。面倒臭ぃ。」

樹霊（同時に）

　「ごしゃだ、ごしゃだ、すっかりごしゃだ、」

伊藤（笑ひ出す）

　「ごしゃがなぃぢゃ。教へだらいがべぢゃぃ。」

柏樹霊「そだら教へらはんて一つ剣舞踊《けんばひ》れ。」

伊藤「わがなぃぢゃ、剣もなぃし。」

　「そだら歌《うだ》れ。」

伊藤「どごや。」

　「夜風のどごよ。」

伊藤歌ふ、（途中でやめる）

「教へろ。」

「わがなぃぢゃ、お経までもやらなぃでで。」

「教へろ」

「そだら一づおらど約束さなぃが。」

伊藤「なぢょなごとさ。」

柏樹霊「草ここのこらぃばがりむしれ。」（自分でむしる。）

伊藤「草むして何するのや。」（自分もむしる。）

柏樹霊「約束すづぎぁ草むすぶんだぢゃ。」

伊藤「そたなごとあたたが。」

樺樹霊「あるてさ。さあ、めいめいしてわれぁの好ぎな様に結ぶこだ。」（各々別々に結ぶ。）

伊藤（つりこまれて結びながら、）

「あ、忘れでらた、全体何の約束すのだた。」（樹霊、同時に笑ふ）

楢樹霊「その約束な、笹戸《ささど》の長嶺《ながね》下汝《うな》ぁ小林区がら払ひ下げしたらな、一本も木伐《き》らなぃてよ。」

伊藤「おれ笹戸の長嶺下払ひ下げしたら一本も木伐らなぃこど。一本も木伐らなぃばは山いづまでもこもんとしてでいゝな。水こも湧《わ》くだ。」
樹霊（みな悦《よろこ》ぶ）「さうだ、さうだ。」
伊藤「すたはんてそれでいゝやうだな、それでも何だがどごだが変《ひょん》ただな。一本も木伐らないば山こもんとしてる。それでいゝのだな。山こもんとしてれば立派でいゝな。立派でいいんともたゞ木炭焼《すみや》ぎ山さ行ぐ路《みち》あぬがるくてて悪いな。ありゃ、何でぁ、笹戸の長嶺払ひ下げしておら木炭焼ぐのだた、わあ、厭《や》んたぢゃ、折角払ひ下げしてで木一本も伐らないてだらはじめがら払ひ下げさなぃはいべがぢゃ。馬鹿臭《ばかくさ》ぃぢゃ。こったなもの。」（草の環《わ》を投げ棄《す》てる）
樹霊（同時に笑ふ）
柏樹霊「そだらそれでもいすさ。ほう何だが曇って来たな。」
樺樹霊「ほにさ、お日さんも見えなぃし、又降って来るな。」
伊藤「はでな、おれ草刈ってしまたたべが。」
樹霊（又一所《いっしょ》にわらふ。）
楢樹霊一「やめろったら、いまころ。さきたすっかり刈ってしまったけぁな。」
伊藤「草刈ってしまったらば、早ぐ家さ持って行がなぃやなぃ。ぬらすづど悪ぃ。」

栢樹霊二「さがして見なぃが、そごらにあべあ。」
伊藤（心配さうにうろうろそこらをさがす）
樹霊（いっしょに囃《はや》す）
「種山ヶ原の、雲の中で刈った草は、
どごさが置いだが、忘れだ　雨ぁふる、
種山ヶ原の、せ高の芒《すすき》あざみ、
刈ってで置ぎ、わすれで雨ふる、雨ふる
種山ヶ原の　霧の中で刈った草さ（足拍子）
わすれ草も入ったが、忘れだ　雨ふる
種山ヶ原の置ぎわすれの草のたばは
どごがの長根で　ぬれでる　ぬれでる
（踊り出す）
種山ヶ原の　長嶺《ながね》さ置いだ草は
雲に持ってがれで　無ぐなる無ぐなる
（伊藤も踊り出す）

種山ヶ原の　長嶺の上の雲を
ぼっかげで見れば　無ぐなる無ぐなる」
（舞踏漸《やうや》く甚《はなは》しく、楽音だけになり
互にホウと叫び合ひ、乱舞
俄《にはか》に伊藤、奥手の背景の前に立ちどまって不審の風をする）
伊藤「ほう、誰《たれ》だが寝でるぢゃい。赤ぃ着もの着たあぃづぁ。」
楢樹霊一、進んで之《これ》をうかがひ、俄かに愕《おどろ》いて遁《に》げて来る。
楢樹霊一「お雷神《なりがみ》さんだ、お雷神さんだ。かむな。かむな。」
樹霊「そいつさあだるなやぃ
あだるなやぃ
あだるやなぃぞ
あだるやなぃぞ
かむやなぃんぞ
かむやなぃんぞ。」（互に警《いまし》めて退く）
伊藤（しばらく考へて漸く思ひあたり、愕いて走って来ようとしてまちがって足をふむ。）

雷神（烈《はげ》しく立ちあがって叫ぶ）「誰だ、畜生ひとの手ふんづげだな。どれだ、畜生、ぶっつぶすぞ。」（樹霊ふるへてたちすくみ、伊藤捕へられる。）
雷神「この野郎、焼っぷぐるぞ、粉にすぞ、けむりにすぞ。」（烈しくあばれぐるぐる引き廻す、俄《にはか》に青い電光と爆音、舞台まっくらになる。）
（暗黒の中から声）
「睡《ねむ》ってらな、火もさっぱり消《け》でらな。」
（焚火《たきび》もえあがる。伊藤、その側に臥《ふ》し草刈一火をもやし二座し、見廻人入ってくる。）
草刈二「さあすっかり霽《は》れだ。起ぎでぢゃぃ。」
伊藤（起きて空を見る）「あゝ霽れだ、霽れだ。天の川まるっきり廻ってしまったな。」
草刈二「あれ、庚申《かうしん》さん、あそごさお出やってら。」
見廻人「あの大きな青い星ぁ明《あけ》の明星だべすか。」
伊藤「はあ、あゝあ、いゝ夢見だ。馬だったすか。」
見廻人「いゝえ、おら谷まで行って水呑《の》んで来たもす。」
草刈一「もうは、明るぐなりがたな。草見《め》で来たも、あゝいゝな、北上《きたかみ》の野原、雲下りでまるで沼みだぃだ。」

伊藤「あゝ、あの電燈ぁ水沢だべが。町の人づぁまだまだねってらな。あゝ寒い。」
草刈二「さあ、座って寒がってるよりはじめるすか。」
伊藤「はあ。」（草刈一鎌《かま》を取り出す
鳥なく。）

幕

ちゃんがちゃがうまこ

□夜《よ》の間《ま》がら　ちゃんがちゃんがうまこ
見るべとて　下《しも》の橋《はし》には　いっぱ　人立つ

□夜明には　まだはやんとも下の橋
ちゃんがちゃがうまこ　見さ出はた人

□下の橋、ちゃんがちゃがうまこ　見さ出はた

みんなのなかに　おとゝもまざり

□ほんのぱこ　夜あげがゞった雲の色
ちゃんがちゃがうまこは　橋わだて来る。

□中津川ぼやんと　しいれい藻の花に
かゞった橋の　ちゃがちゃがうまこ

□はしむっけのやみのながから　音がして
ちゃがちゃがうまこは　汗《あせ》たらし来《く》る

□ふさつけだ　ちゃがちゃがうまこ　はせでげば
夜明けの為か　泣くたよな　気もする

□夜明方　あぐ色の雲は　ながれるす

ちゃがちゃがうまこは　うんとはせるす

（大正六年六月中）
『アザリア』第一号

上伊手剣舞連

うす月に
かがやきいでし踊り子の
異形を見れば　こゝろ泣かゆも

うす月に
むらがり踊る剣舞の
異形きらめき小夜更けにけり

〔うす月にきらめき踊るをどり子の鳥羽もてかざる異形はかなし〕

剣舞の
赤ひたたれは
きらめきて
うす月しめる地にひるがへる

原体剣舞連《バヒ》

賢治

やるせなきたそがれ鳥に似たらずや青仮面《メン》つけし踊り手の歌。

若者の青仮面の下につくといき深み行く夜を出でし弦月。

青仮面の若者よあゝすなほにも何を求めてなれは踊るや。

原《はら》体《たい》剣《けん》舞《ばひ》連《れん》

（mental sketch modified）

dah-dah-dah-dah-dah-sko-dah-dah
こんや異装《いさう》のげん月のした
鶏《とり》の黒尾を頭巾《づきん》にかざり
片刃《かたは》の太刀をひらめかす
原体《はらたい》村の舞手《をどりこ》たちよ
鴾《とき》いろのはるの樹液《じゆえき》を
アルペン農の辛酸《しんさん》に投げ

生《せい》しののめの草いろの火を
高原の風とひかりにさゝげ
菩提樹皮《まだかは》と縄とをまとふ
気圏の戦士わが朋《とも》たちよ
青らみわたる顥気《かうき》をふかみ
楢と椈《ぶな》とのうれひをあつめ
蛇紋山地《じゃもんさんち》に篝《かがり》をかかげ
ひのきの髪をうちゆすり
まるめろの匂のそらに
あたらしい星雲を燃せ
　　dah-dah-sko-dah-dah
肌膚《きふ》を腐植と土にけづらせ
筋骨はつめたい炭酸に粗《あら》び
月月《つきづき》に日光と風とを焦慮し
敬虔に年を累《かさ》ねた師父《しふ》たちよ

こんや銀河と森とのまつり
准《じゆん》平原の天末線《てんまつせん》に
さらにも強く鼓を鳴らし
うす月の雲をどよませ
　Ho！　Ho！　Ho！
　　むかし達谷《たつた》の悪路王《あくろわう》
　　まつくらくらの二里の洞《ほら》
　　わたるは夢と黒夜神《こくやじん》
　　首は刻まれ漬けられ
アンドロメダもかゞりにゆすれ
　　青い仮面《めん》このこけおどし
　　太刀を浴びてはいつぷかぷ
　　夜風の底の蜘蛛《くも》をどり
　　胃袋はいてぎつたぎた
dah-dah-dah-dah-dah-sko-dah-dah

さらにただしく刃《やいば》を合《あ》はせ
霹靂《へきれき》の青火をくだし
四方《しはう》の夜《よる》の鬼神《きじん》をまねき
樹液《じゆえき》もふるふこの夜《よ》さひとよ
赤ひたたれを地にひるがへし
雹雲《ひようううん》と風とをまつれ

　　dah-dah-dah-dahh
夜風《よかぜ》とどろきひのきはみだれ
月は射《い》そそぐ銀の矢並
打つも果《は》てるも火花のいのち
太刀の軋《きし》りの消えぬひま
　　dah-dah-dah-dah-dah-sko-dah-dah
太刀は稲妻萱穂《いなづまかやぼ》のさやぎ
獅子の星座《せいざ》に散る火の雨の
消えてあとない天《あま》のがはら

打つも果てるもひとつのいのち
dah-dah-dah-dah-sko-dah-dah

（一九二二、八、三一）

本書は『宮沢賢治全集』（ちくま文庫　全十巻）を底本とした。

一部、今日の観点からみるとふさわしくない語句・表現が用いられているが、作品の時代的背景と文学的価値に鑑み、そのまま掲載することとした。

編者解説

最初に読んだ『春と修羅』からして、大いに怪しかった。名高いその「序」は、次のように始まっていたのだから。

わたくしといふ現象は
仮定された有機交流電燈の
ひとつの青い照明です
（あらゆる透明な幽霊の複合体）

そう、早くも四行目に「幽霊」という言葉が登場するのだった（さらに連想を逞しくすれば、「有機交流電燈の」「青い照明」という詩句からは、近世このかた百物語怪談会において青が冥界に通ずる色とされ、行燈に青い紙を貼る演出が好まれたことが想起されよう）。

生来の「おばけずき」――幽霊だの妖怪だの怪異だのといった言葉に敏感に反応する体質の私は、「雨ニモマケズ」の農村詩人、「セロ弾きのゴーシュ」の童話作家が実のところ、かなりの「おばけずき」ではないのか、という期待含みの疑念を抱いたのであった。

期待が裏切られることはなかった。

『春と修羅』第一集に含まれる「真空溶媒」や「小岩井農場」、最愛の妹トシの夭逝をうけて書かれた幾つかの収録作、そしてなにより、第二集所収の逸品「河原坊（山脚の黎明）」に遭遇したことで、賢治の「おばけずき」疑惑は、私の中で確信に変わったといってよい。

いや、それどころか賢治自身が、いわゆる「視る人」――幽霊や妖怪の類を、みずから目にするタイプの書き手であった可能性が、にわかに浮上してきたのであった。

ちなみに本書には収録しなかったが、第二集には「ひとは幽霊写真のように／ぼんやりとして風を見送る」（「昏い秋」）、「ひとはむなしい幽霊写真／ただぼんやりと風を見送る」（「郊外」）など、「幽霊写真」という言葉が登場する詩も収められている。

いま謂うところの「心霊写真」である。

明治三十二年（一八九九）発表の浅野和三郎「おぼろ影」、明治三十九年（一九〇六）刊行の三宅青軒『怪談小説　幽霊の写真』等々、泰西スピリチュアリズムの流入とともに、科学技術の所産である写真機を用いて死者の霊魂を撮影したと称する証拠写真の存在は、日本でもいち早く知られるようになり、文芸作品にも取りあげられていた。科学と文学と宗教のいずれにも深く傾倒した賢治が、この主題に関心を示したのは当然ともいえようが、同時にその核心には、視えないものを視てしまうという幻視もしくは霊視の実体験が、仄暗く蟠《わだかま》っていたようにも考えられる。

果たして、その後、生前の賢治と親しく交流した人々による回想記の類を渉猟するにおよび、賢治がしばしば周囲の人間に、みずからの怪異体験を臨場感たっぷりに語り聞かせていた次第が明らかになってきたのであった。

たとえば岩手出身の直木賞作家で、盛岡中学在学中から年少の詩友として賢治に接していた森荘已池《もりそういち》（本名は佐一）は、「賢治が話した「鬼神」のこと」（津軽書房版『宮沢賢治の肖像』所収）の中で、次のように述べている。

宮沢賢治というひとは、「怪力乱神」を語ってはいけないと、お父さんの政次郎さんから、きつくとめられていた。それでも、折にふれては、ぽつりぽつりと、話すこともあった。

私は、ほとんど会うごとに、「怪力乱神」ばなしを聞かされていた。

これはまことに瞠目すべき証言だろう。

父親から「きつくとめられていた」とするならば、その前提として、賢治自身が生来、好んで怪異談に興じる気質の人であったことが窺われるからである。それもおそらくは、伝聞ではなく自身の体験談の類を。妖怪変化を目撃したと称する人が嘘つき呼ばわりされたり正気を疑われるなど、不当な偏見にさらされるケースは、現在でも間々あることなのだから。

森が右のエッセイの中で紹介している次のエピソードなどは、なるほど父親が強く制止するのも宜《むべ》なるかなと思わせるような異様さに充ち満ちており、圧巻である。

――トラックが川井か門馬まで来た時ですがね、小さい真赤な肌のいろをした鬼の子のような小人のような奴らが、わいわい口々に何か云いながら、さかんにトラックを谷間に落とそうとしているんですよ。運転手も助手も、それに全く気がつかないと見えて知らないんですね。私はぞっとしましたよ。トラックが谷間に落ちるに違いないと思ったんですね。そしたら驚きましたね。え、大きな、そうですね、二間もあるような白い大きな手が谷間の空に出て、トラックが走る通りついて来てくれるんですよ、いくら小鬼どもが騒いで、落とそうとしても、トラックは落ちないで、どんどんあぶない閉伊《へい》街道を進むんですね、私はこれはたしかに観音さまの有難い手だと思い、ぼおっとして、眠っているのか、起きているのか、夢なのか、うつつなのかもさっぱり解らないんですね、そして宙に浮いてさかんに動き廻り、トラックを押したり、ひっぱったりする小鬼どもと大きな白い手を見比べていましたね。しばらくそうしてガタガタゆすられていると、突然異様な声がして、ハッと思ったとたん白い手は見えなくなったんです。私はもう夢中でトラックから飛降り、その瞬間トラックは谷間をごろごろと物凄い勢いで顚落してしまったんです。運転手も助手も慣れているのか、ひらりと飛降りたらしく危ぶなござんしたねと云って、谷間を見降ろしていましたよ。そのトラックには宮古町から肴が沢山つけて来てありましたよ。

森の解説によれば、これは折しも『春と修羅』が世に出た「大正末年の頃」の出来事だという。下閉伊郡刈屋村の縁者の家へ所用で出向いた際、雨に濡れて急な発熱に見舞われた賢治は、通りがかったトラックの荷台に乗せてもらい帰路を急いだが、事故多発の難処として知られる閉伊街道を走行中、右のごとき奇禍に遭遇したのだという。

賢治は語り終えて後、森少年に「幻覚ですね」と付言したそうだが、その一方で「トラックには宮古町から肴が沢山つけて来てありました」という末尾の言及など、あたかもトラックに積まれた海産物を狙って、山路の魑魅魍魎《ちみもうりょう》が蝟集《いしゅう》したのだと暗示しているかのようであり、言葉とは裏腹に、幻覚ならぬ超自然の実在を示唆する含意を感じさせよう。

同じく森が書き留めている、次のような短い発言にも、言外に超自然の存在を確信する賢治の姿勢が歴然である。

――「種山ヶ原」を出し物にした時でしたがねえ、雷神になった生徒が次ぎの日、ほかの生徒のスパイクで足をザックリとやられましてねえ、私もぎょっとしましたよ、偶然とはどうしても考えられませんし、こんなに早く仇をかえさなくてもよかろうになあと、呆れましたねえ。

これは本書にも採録した戯曲「種山ヶ原の夜」が、花巻農学校で上演された直後の発言だという。真っ赤な衣裳を身にまとった雷神役の生徒は「誰だ、畜生ひとの手ふんづげだな。どれだ、畜生、ぶっつぶすぞ」と舞台上で地団駄を踏む熱演ぶりだったが、翌日、学校の運動場で負傷する。賢治はそれを鬼神が仇《あだ》なしたものと解釈しているわけだ。

大正十四年（一九二五）の秋、森が花巻農学校で宿直中の賢治を訪ねた際、賢治は窓外の森を指して「あの森にいる神様なんか、あまりよい神様ではなく、相当下等なんですよ」と云ったそうである。また、同年の五月十日には、森は賢治に同行して、小岩井農場を起点に岩手山麓を夜通し歩きまわり、その印象を「「春谷暁臥」の書かれた日」（前掲『宮沢賢治の肖像』所収）に記しているが、その中にも、途中の松林で仮眠をとった際、賢治が「ここらに眠ると、いつでも大きな亀のような爬虫類が、お前を食べるといったり、お前の血がほしい、おまえの血がほしい……と、どんどんおしかけてきましてね……」とジュラシック・パークめいた悪夢を語り、「夜中にこの道に来ると、ここで野宿をしなくても必ずよくない幻想に襲われる」と口にするくだりがあるのだった。その「よくない幻想」が如何なるものであったのかは、本書所収の「小岩井農場　パート九」に、その一端が明かされている。

「賢治が話した「鬼神」のこと」からもうひとつ、やはり賢治本人の語り口を忠実に再現したとおぼしき怪異体験談を引用しておこう。

――早池峯山《はやちね》へ登った時でしたがねえ、あすこの麓に大きな大理石がごろごろ転ろがっているところがありましてねえ、その谷間は一寸した平地になっているのですがそこの近所に眠ってしまったんですよ。お月さまもあって静かでよい晩でしたね、うつらうつらしていましたらねえ、山の上の方から、谷あいをまるで疾風のように、黒いころもの坊さんが駈け降りて来るんですよ、念仏をとなえながら、またたく内に私の前を通り過ぎ、二人とも若いその坊さん達は、はだしでどしどし駈けて行ったんです。不思議なこともあるもんだとぼんやり私は見送っていましたがね。念仏はだんだんに細く微かに、やがて聞えなくなったんですよ。後で調べたら、あすこは昔大きなお寺があったところらしいんですね、河原の坊といわれるところでしたよ。土台の石なんかもあるという話でしたよ。何百年か前の話でしょうねえ、天台か真言か古い時代の仏跡でしたでしょうねえ。

すでに本文をお読みの方はお分かりのとおり、これは賢治による怪談詩歌の白眉たる「河原坊（山脚の黎明）」執筆の契機となったエピソードに他ならない。河原の坊でのこの見霊体験談は、本人にとっても周囲にとっても、よほど印象深いものだったのか、他にも賢治の談話を記録していた人物がいる。賢治の主治医を務め、親交の深かった佐藤隆房の回想記「正覚と幻覚」（冨山房版『宮沢賢治』所収）より、該当するくだりを引く。

僕はもう何べんか早池峯山《はやちね》に登りました。あの山には、御承知かも知れませんが早池峯の七不思議というのがありまして、その一つの河原《かわら》の坊という処があります。早池峯の登山口で裾野をのぼりつめた処の岳川《たけがわ》という岩をかむ清流の岸辺にありまして、いい伝えでは何でも何百年か以前に天台宗の大きな寺のあった跡で、修行僧も大勢集っていて、随分盛んなものだったということです。そこでは今も朝の小暗い黎明時にひょっとするとしんしんと読経の声が聞えて来ると噂されております。先年登山の折でした。僕はそこの大きな石に腰を掛けて休んでいたのですが、ふと山の方から手に錫杖を突き鳴らし、眉毛の長く白い見るからに清々した高僧が下りて来ました。その早池峯に登ったのは確か三年ばかり前なのですが、その御坊さんに逢ったのは何でも七百年ばかり前のようでしたよ。

佐藤の「正覚と幻覚」には、他にも注目すべき談話が記録されている。

僕は妹のとし子が亡くなってからいつも妹を思って寝む前には必ず読経し、ずっと仏壇のそばに寝起きしているのだが、この間いつものように一心に御経を読んでから寝むと、枕辺にとし子の姿がありありと現れたので、すぐ起きて又御経を上げていると見えなくなった。次ぎの晩も矢張り姿が見え、二晩だけであとは見えなかった。人間というものは人によるかも知れないが、死んでからまた別の姿になってどこかに生を享けるものらしい。

僕がチャイコフスキー作曲の交響楽をレコードで聞いていた時、その音楽の中から、「私はモスコー音楽院の講師であります」という言葉をはっきり聞きました。そこですぐに音楽百科辞典を調べて見たら、その作曲の年は矢張り、チャイコフスキーがその職にあった年だったのです。

かたや幻視、かたや幻聴の鮮明な体験談だが、どちらにも心霊的なるものが揺曳している印象を受ける。賢治の生きた時代（一八九六〜一九三三）が、近代における怪談文芸や心霊主義の興隆から全盛に至る時期と、ピタリ一致していた事実を更めて想起せざるをえない。

さて、本書は、その短い生涯の間に賢治が遺した詩歌や小品童話の中から、とりわけ怪異や心霊、幻覚の気配が濃厚な作品を抽出し、「幽霊」「幻視」「鬼言」「物怪」「魔処」という五つの章に配したアンソロジーである。

これまでにも膨大な数の作品集やアンソロジーが編まれている賢治だが、かくも怪異怪談のみに特化した例は、過去にはないと思われる。

「幽霊の章」には、霊体や死者との遭遇、異界を垣間見る恐怖などに関わる小品と詩篇を収めた。とりわけ最初期の小品である「うろこ雲」（一九一九）には、小人や幽霊など、賢治本人が目撃したとおぼしき怪異が早くも重要なモチーフとされており、天沢退二郎が「一種表現派風の地獄絵図」（ちくま文庫版『宮沢賢治全集8』解説）と呼んだ「女」（一九一九）ともども、賢治怪異譚の原風景として、はなはだ興味深い。

「幻視の章」には、そうした「視る人」である賢治が折にふれ垣間見ていたであろう、この世ならぬ光景が、驚嘆すべき言霊の力によって活写された一群の童話と詩篇を収録した。

これに対して「鬼言の章」には、もっぱら聴覚を通じて感得された異界の消息や、鬼神に象徴される超自然の存在による託宣の類を、強迫観念に充ち満ちた独創的文体で綴った一連の作品を収載している。賢治の生きた時代が、モダニズムや前衛文学の時代でもあったことが実感されよう。また、超自然の指令は、しばしば異界の行軍、戦場幻想とでも称すべき特異なモチーフへと結びつく。その背景には、先述したような友人との夜歩きの記憶が息づいているに違いない。

「物怪の章」には、常人には視えない世界の住人たる妖怪や精霊の類が跳梁する童話作品の中から、とりわけ幻怪な味わいのもの、そして東北の伝承的怪異に取材したものを採録した。「月夜のでんしんばしら」については、同時代の鉄道怪談との関係や、先述の「うろこ雲」との設定の共通性が、すでに安藤恭子により指摘されている。「〈うろこ雲〉と〈月光〉が世界を変貌させる〈霊的世界〉、すなわち、日常の生活の中では不可視な世界のエネルギーがかたちをもって立ち現れるさまが描かれている」（安藤恭子「『月夜のでんしんばしら』解説」／蒼丘書林『近代日本心霊文学セレクション　霊を読む』所収）。

一方、「ざしき童子のはなし」は、岩手県遠野出身の作家で民話研究家の佐々木喜善との交流から生まれた作品であり、「とっこべとら子」については、柳田國男と早川孝太郎の共著『おとら狐の話』が大正九年（一九二〇）二月に玄文社版〈炉辺叢書〉から上梓されていることとの関連が注目されよう。さらに章の後半に収めた一連の山男譚については、右の佐々木喜善が語った遠野の「お化話」を柳田國男が再話した『遠野物語』（一九一〇）の中核を成すモチーフのひとつであったことが想起される。とはいえ賢治の描く山男は、次第に人界へと紛れ込み、ついには「署長さん」へと驚愕のメタモルフォーズを遂げるのだが。ちなみに柳田との関連では、先述の「河原坊（山脚の黎明）」の「題名右わき欄外に鉛筆で「民譚集中」と書込みがある」（筑摩書房版『新・校本宮澤賢治全集』第三巻　校異篇』解題）ことと、柳田の著書『山島民譚集』（一九一四）との暗合も気になるところである。

「魔処の章」には、賢治世界の中心に横たわる高原地帯「種山ヶ原」（北上山地南西部）と周辺地域における地霊や樹霊との交感を描きだした一連の童話、戯曲、詩歌を収録した。「賢治にとって種山高原はまさしく生命体としての宇宙との生動する交感の場なのであり、変動する風や雲や霧たちは宇宙生命の生きた言葉であり表情であった」（原子朗『宮澤賢治語彙辞典』東京書籍）。

種山ヶ原幻想の極北というべき名作「風の又三郎」（小品集という本書の趣旨から外れるため採録は見合わせた）について、かつて天沢退二郎は、次のように述べていた。

山奥の分教場に、九月の新学期のはじまりにとつぜん登場した転校生を、伝説的な風の神の子、〈風の又三郎〉ではないかと、なかば疑い、なかば怖れながら、仲間に入れて遊ぶ子どもたちの心理が、雨や風や日光や草のにおいと生々しく交感しながら推移していく、一見リアルなこの童話は、しかし最後のあらしの場面にいたって稀有な怪異譚の暗示をふくむ自らの正体をかいまみせる。

（講談社文庫版『銀河鉄道の夜・風の又三郎・ポラーノの広場ほか三編』解説）

右の文庫本を入手して読み耽ったのは中学一年のときだったが、解説中の「稀有な怪異譚の暗示」という一句によって、編者の賢治観は一変したといってよい。その遥かな延長線上に形を成したのが、本書ということになる。

今回も編集部の坂田修治さんとカバー装画の中川学さんに、とてもお世話になった。ここに記して謝意を表する次第である。

二〇一四年五月

東　雅夫

平凡社ライブラリー　814

可愛《かわい》い黒《くろ》い幽霊《ゆうれい》

宮沢賢治怪異小品集

発行日…………2014年７月10日　初版第１刷
2021年７月４日　初版第２刷

著者……………宮沢賢治
編者……………東雅夫
発行者…………下中美都
発行所…………株式会社平凡社
〒101-0051　東京都千代田区神田神保町3-29
電話　東京(03)3230-6579[編集]
東京(03)3230-6573[営業]
振替　00180-0-29639

印刷・製本 ……藤原印刷株式会社
ＤＴＰ…………藤原印刷株式会社
装幀……………中垣信夫

ISBN978-4-582-76814-5
NDC 分類番号913.6
Ｂ６変型判（16.0cm）　総ページ392

平凡社ホームページ https://www.heibonsha.co.jp/
落丁・乱丁本のお取り替えは小社読者サービス係まで
直接お送りください（送料、小社負担）。

平凡社ライブラリー　既刊より